L'heure des oiseaux

De la même auteure

La Nuit pour adresse, Éditions Gallimard, 2017.
L'Enfant céleste, Éditions de l'Observatoire, 2020.

Maud Simonnot

L'heure des oiseaux

Éditions de
L'Observatoire

ISBN : 979-10-329-2314-6
Dépôt légal : 2022, août
2e tirage : 2022, septembre

170 *bis*, boulevard du Montparnasse, 75014 Paris

À mes parents.

« Les hommes sont des oiseaux de passage. »

William Shakespeare, *Timon d'Athènes.*

« Au plus fort de l'orage il y a toujours un oiseau pour nous rassurer. »

René Char, *Les Matinaux.*

« Peut-être qu'un enfant seul, livré à lui-même, ne peut pas modifier le monde que les adultes autour de lui perpétuent et entretiennent. Mais deux enfants suffisent - suffisent à briser la normalité de ce monde, à en arracher le voile, et à permettre aux choses de briller de leur propre lumière intérieure. »

Valeria Luiselli, *Archives des enfants perdus.*

La buanderie est une étuve décrépie, entourée de longs bancs et de hublots sales par lesquels même les jours radieux ne filtre qu'une grisaille diffuse, mais c'est la pièce préférée de Lily. Car ici on l'oublie parfois pendant des heures à la tâche, ici la fillette est enfin tranquille.

Cachée derrière une pile de linge, elle aperçoit dans l'encadrement de la porte l'intendante et le surveillant en chef en train de s'embrasser. Si la jeune femme blonde a un visage disgracieux, le surveillant est bien plus repoussant avec ses manières grossières et l'éclair mauvais qui anime son regard. Lily, comme tous les enfants de l'orphelinat, le déteste et le craint.

D'abord surprise par cette scène inattendue, la fillette sourit. Tant que ces deux-là s'occuperont de leurs affaires, ils ne seront pas derrière elle.

Le jour où je suis arrivée sur l'île, il neigeait.

J'avais rêvé d'azur, de voiliers et de soleils couchants qui brûlent en silence, j'ai débarqué en pleine tempête dans un endroit où personne ne m'attendait.

Par facilité j'avais choisi un vieil hôtel dans un port du sud de l'île, près de la capitale, Saint-Hélier, à quelques kilomètres du lieu des crimes. Comme tous les villages bordant cette côte, celui-ci était bâti au creux d'une baie abritée des tempêtes. Mon guide précisait : « *une superbe baie dessinée par des chaos de roches se perdant dans le bleu intense de la Manche* ».

D'ordinaire le soir on pouvait voir, ajouta le patron de l'hôtel, le demi-cercle scintillant d'une guirlande qui ourlait la côte sur des kilomètres. J'étais prête à croire le guide et cet homme enthousiaste mais ce jour-là on ne distinguait pas son chien au bout de la laisse, et tout était d'un blanc triste, le ciel comme la mer.

Dans mon esprit se superposaient aussi des images d'archives : j'avais vu un documentaire sur la Seconde Guerre mondiale dans les îles Anglo-Normandes et je savais qu'une attaque navale terrible avait illuminé autrement cette jolie anse, les fusées repeignant le ciel en vert et rouge, aux couleurs de l'enfer. Le grondement des canons avait retenti pendant des heures tandis que les sirènes du port hurlaient, recouvertes à leur tour par les cris, les bruits des bottes, les balles traçantes sur la plage...

*

Une fois dans ma chambre, j'ai laissé glisser le lourd sac de toile de mon épaule et passé l'appel téléphonique promis : « Oui, ça y est, je suis à Jersey. »

Lily voit que le Petit a encore pleuré. Parce qu'il a eu peur, parce qu'on lui a dit quelque chose d'effrayant, ou qu'on l'a grondé pour une faute inconnue. Sous la frange trop courte, mal coupée, de ses cheveux fins, les yeux clairs sont cernés.

Elle a une idée. C'est dimanche ; les adultes, après la messe, vaquent à leurs occupations à l'extérieur, l'orphelinat est vide. Elle court à la cuisine et revient avec quelques légumes dérobés dans un panier du marché.

Il y aura la reine Rutabaga ceinte d'un chiffon blanc. Un œuf de caille trouvé au pied d'un mur, que Lily garde précieusement avec d'autres trésors sous son lit, sera parfait pour représenter l'enfant sur l'autel. Les reflets céladon de la coquille émerveillent le Petit qui n'en a jamais vu de semblables. Lily aligne les carottes comme des soldats de chaque côté et bâtit pour ses autres créatures un mobilier miniature à partir de branchettes.

Le spectacle commence. Le Petit oublie ses larmes, béat devant l'histoire qui se matérialise sous ses yeux. Lily a transformé l'atmosphère autour d'eux avec cette manière si particulière des enfants souverains, capable de réenchanter l'endroit le plus sordide et de créer un monde plus heureux. Un instant.

Dès le lendemain, j'ai voulu voir l'orphelinat.

Face à moi s'élevait une immense bâtisse victorienne en granit, rendue plus lugubre encore par son histoire et le fait que depuis des années elle soit abandonnée aux vents et aux dégâts du temps. Un brouillard marin épais rejoignait un ciel cendré : le décor naturel était en harmonie.

Un des orphelins, parmi les témoins les plus importants du procès, avait déclaré qu'il souhaitait voir démolir cet endroit, symbole de son traumatisme. Dans ce sombre bâtiment bordant la forêt à la sortie du village, des dizaines d'enfants placés par l'Assistance publique avaient subi l'inavouable. Maltraitances physiques, humiliations, privations, punitions. Et, d'après plusieurs victimes qui avaient enfin parlé, sévices sexuels.

Tout avait débuté en 2008 lorsqu'on avait dégagé les restes d'un corps enterré dans une cave de l'orphelinat sous une dalle de béton. Un appel téléphonique anonyme avait précisé au commissariat l'emplacement des ossements. À partir de là, l'enquête était enclenchée : le chef de la police arriva sur les lieux et fit venir le médecin légiste, la route qui mène au pensionnat fut barrée – elle le resterait des années. Les premières constatations ne permirent pas de trouver le moindre indice supplémentaire, mis à part l'entrée dissimulée d'une autre cave, identique, dans laquelle des prélèvements furent effectués. Il s'avéra rapidement que les ossements provenaient d'animaux, c'était une fausse alerte. L'affaire aurait donc pu s'arrêter là mais, après la macabre découverte, les langues s'étaient déliées. La presse locale évoqua des caves secrètes dans lesquelles des enfants auraient été attachés et enfermés sans rien à manger ni à boire, à l'isolement complet. Des journalistes de grandes rédactions anglo-saxonnes prirent le relais, tout s'emballa et le scandale médiatique entraîna une bien plus vaste investigation. Des lettres et des appels affluèrent de l'Europe entière. Au total cent soixante anciens pensionnaires racontèrent les violences infligées par des membres du personnel et certains visiteurs à partir de l'après-guerre. L'accumulation des témoignages et leur concordance ne permirent pas sur le moment de remettre en question leur parole.

Les policiers tentèrent de dresser la liste des personnes impliquées et celle des victimes. L'une comme l'autre furent difficiles à établir : l'orphelinat avait été fermé en 1986, on n'avait conservé aucun registre des employés ni des enfants.

Dans l'enquête menée par la Jersey Child Abuse Investigation, une douzaine de spécialistes de la police scientifique furent chargés de la recherche et de l'identification de traces humaines qui pourraient raconter une histoire vieille de plus d'un demi-siècle. Car d'autres témoignages signalaient aussi des disparitions d'enfants. La terre brune de l'île fut entièrement retournée aux alentours de l'orphelinat et les enquêteurs furent aidés par les plus fameux limiers du Royaume, deux épagneuls renifleurs déjà utilisés lors de la disparition de la petite Maddie. Mais on ne retrouva pas d'ossements, juste quelques objets tachés de sang, impossibles à identifier.

Et puis plus rien. Dans les médias, le doute sur ce qui s'était véritablement passé dans l'orphelinat s'était peu à peu installé, faute de preuves. La police locale, qui se divisait entre une police dite « officielle » et une police « honorifique » constituée de connétables, centeniers et vingteniers - des citoyens élus depuis le XIVe siècle par les paroissiens pour « le maintien de l'ordre » -, était débordée par une si grosse affaire, rien n'avait pu être fait dans les règles. Des preuves avaient été égarées, les analyses et les témoignages se contredisaient, des informations censées rester confidentielles avaient circulé, certains témoins avaient été intimidés et étaient revenus sur leur déposition... Parmi les suspects encore vivants, trois seulement furent un temps inquiétés. On conclut à des « défaillances » dans la gestion de l'enquête, le chef de la police, dont l'intégrité gênait les notables locaux, servit de fusible et fut limogé. *Last but not least*, des experts en relations publiques furent engagés pour redorer l'image du paradis fiscal. Dans l'île britannique, à vingt kilomètres des côtes françaises, l'onde de choc s'éteignit aussi vite qu'elle s'était levée et le bailliage de Jersey put recouvrer sa tranquillité légendaire, ses banques et son bocage verdoyant.

Le Petit a le front contre la vitre : « Il y a vraiment beaucoup de neige... » Son visage s'anime : « Imagine si c'était l'inverse, si le ciel était blanc et que les nuages et la neige étaient bleus ? »

En contemplant avec lui la course des nuages insouciants, Lily est envahie de tendresse, elle aime tellement cet enfant rêveur :

« Tu aimerais sortir ?

– On a le droit ? »

Elle lui sourit, un doigt sur ses lèvres : « Suis-moi. »

Le garçon longe en trottinant le mur de la buanderie puis se glisse après elle derrière la réserve de bois jusqu'à une ouverture dissimulée dans le mur. Elle pousse la trappe, les voilà dehors dans la blancheur éblouissante de ce premier matin du monde.

Lily s'élance dans la neige vierge, si inhabituelle, qui a enseveli le parc. Tandis que le Petit expérimente cette étendue lisse et moelleuse, elle grimpe sur une souche pour s'approcher d'un nid en mousse encore accroché à une branche du vieux magnolia.

« Une famille de mésanges à longue queue vivait ici l'été dernier. Je les ai souvent vues. Les plus fragiles sont certainement mortes. »

Elle descend le nid précautionneusement, quelques cristaux de neige tombent de l'arbre. Les enfants défont les brindilles et comptent trois cadavres parmi les plumes floconneuses qui tapissent l'intérieur. Ensemble, ils creusent une tombe au fond du parc et recouvrent les oisillons de poudreuse et de feuilles arrachées à l'herbe givrée. Le Petit hésite, et ose demander : « Où sont le papa et la maman maintenant ? »

Lily ne sait pas.

Ce qu'elle redoutait arrive : le Petit enchaîne avec des questions sur leurs propres parents. Il faudrait qu'elle invente une histoire qui tienne la route, mais là encore aucune réponse ne lui vient.

J'avais décidé de me rendre au manoir de l'ancien bailli que le patron de l'hôtel m'avait indiqué, un peu en dehors de Saint-Hélier, sur une colline. Un chien noir aboya en tirant violemment sur sa chaîne. Me revint l'image de cet autre grand chien qui m'obligeait à des détours pour aller à l'école, ses jappements et sa fureur contre le grillage sont restés gravés dans ma mémoire comme la cicatrice sur le tronc d'un arbre.

Je pris sur moi et avançai vers le porche à colonnades. Au bout de l'allée de gravier, un homme corpulent m'accueillit, un sécateur à la main, je l'interrompais en pleine taille des rosiers. Il me salua et m'écouta lui raconter ce que je cherchais. Ses yeux se voilèrent à peine. Désormais à la retraite, il n'avait plus rien à dire, ni aux journalistes ni à moi ni à ceux de mon espèce. Puis il tourna les talons et disparut dans sa maison, fermant définitivement la porte derrière lui.

Je n'étais pas très étonnée de cette attitude de la part de celui qui, à la tête de l'élite dirigeante jersiaise de 1995 à 2009, avait osé déclarer en public après l'éclatement de l'affaire : « *Toute maltraitance où qu'elle se produise est inacceptable, mais le véritable scandale réside dans le dénigrement injustifié et sans remords de Jersey et de sa population.* »

Ce représentant suprême de la justice sur l'île, cet homme qui avait détenu tant de pouvoirs semblait avoir oublié que la protection des citoyens était une mission régalienne. Lui qui au début de l'enquête avait affirmé « *Quiconque maltraite des mineurs sur cette île ne pourra rester caché et tout sera fait pour le traduire en justice* », avait balayé ses promesses après l'emballement médiatique. Au nom d'un principe absolu : la discrétion est l'ingrédient essentiel de la prospérité d'un paradis fiscal.

Je redescendis l'allée, abattue, et marchai au hasard en regrettant de n'avoir pas posé les bonnes questions au bailli, de n'avoir pas été assez agressive ou à l'inverse suppliante. Même si je doutais qu'on puisse émouvoir un homme qui s'était montré insensible aux témoignages de ces orphelins si longtemps contraints au silence.

Mes pas m'ont ramenée au centre-ville. Une pluie fine s'était mise à tomber sur cette capitale qui portait le nom d'un moine décapité par des pirates. Les remparts d'Elizabeth Castle défendaient la ville contre un vent de mer glacial. À l'angle des deux axes principaux, j'ai trouvé refuge dans un pub. Je suis restée assise un moment devant ma pinte d'ale à regarder la pluie ruisseler doucement sur les façades colorées et les habitants se presser dans ces rues aux consonances françaises, pourtant si anglaises avec leurs policiers aux casques bleu foncé, les écoliers en uniforme, les odeurs de pain d'épice et les unes des tabloïds.

Le printemps est là, les pommiers, les cornouillers et les églantiers explosent en une symphonie de roses, de blancs. Une nouvelle fois, profitant de l'absence des surveillants, les deux enfants sont passés par la trappe qui débouche maintenant sur une pelouse envahie de pâquerettes.

Malgré la mauvaise nourriture qu'on leur inflige, le Petit a forci. Il court partout, puis revient vers Lily en faisant mine de la viser avec un pistolet : « Attention je tire des balles de sommeil, si je te touche tu t'endors. »

Ils s'assoient sous le lilas, dissimulés par les grappes odorantes qui descendent lourdement jusqu'au sol en se mêlant aux mèches dorées du Petit et à la tignasse brune de Lily.

Des merles chanteurs ont colonisé le peuplier qui s'élève sous les fenêtres de leur dortoir et dont les jeunes feuilles duvetées brillent au soleil. Lily se met à siffler avec eux, le garçon ne savait pas qu'elle possédait une si jolie voix d'oiseau.

La nuit j'aimais le son de la mer qui bruissait de l'autre côté du mur lambrissé de ma chambre, et le jour la lumière qui me réveillait lorsque le beau temps faisait de timides apparitions. Les marches en bois menant à la cale de lancement des bateaux étaient l'endroit idéal pour rêvasser. Au cœur de cette saison blanche, le soleil ouaté irisait une mince couche de glace le long de l'embarcadère où quelques barques tiraient avec régularité sur leurs amarres.

Le lendemain de ma déroute chez le bailli, je poussai ma promenade matinale jusqu'au bout du port pour acheter des cigarettes. Après avoir dépassé les chalutiers au repos qui alignaient leurs boules en verre ambré, je m'assis à l'extrémité du quai sur un tas de filets. Le soleil réchauffait mes mains et les pierres de la margelle. Je méditai en fumant devant l'envolée d'une bande de petites bernaches cravants, toutes identiques, toutes unies dans un même effort : s'allonger dans le ciel. Je songeai qu'il allait être difficile de trouver un orphelin parmi des centaines, sans registre et sans aide.

Sur l'affaire de pédophilie en elle-même on avait déjà tout dit. Tout et rien. Quinze années après les premiers articles parus dans les journaux du monde entier, on n'était guère plus avancé qu'au moment où le scandale avait éclaté. Pourtant quelqu'un sur cette île savait forcément quelque chose à propos des violences commises sur les enfants, et aussi de l'événement qui me concernait personnellement.

J'ai longé la station balnéaire qui devait être *the place to be* durant l'été. Des drapeaux aux couleurs rouge et blanc de Jersey claquaient fièrement au vent sur la grève, mais les chaises laquées de la promenade étaient rangées et aucun parasol frangé ne venait interrompre le ciel comme sur les cartes postales en vente à l'entrée des pubs. C'était l'hiver sur l'île et dans mon esprit embrumé.

Quand je rentrai à l'hôtel, le patron se préparait un martini dry sur le comptoir en étain du bar. Voyant ma tête, il m'en fit un d'office. Je regardai les gestes précis de cet homme entre deux âges alors qu'il versait le gin dans les coupes en cristal et ajoutait un zeste de citron. Je me laissai envahir par son inimitable accent de l'île tandis qu'il me racontait que ce cocktail mariant à lui seul la France et l'Angleterre avait plus d'un siècle. Il me tendit un verre en souriant : « *Cheers.* »

Je me sentais bien dans ce salon suranné et chaleureux avec ses fauteuils recouverts de velours olive, sa moquette épaisse à carreaux écossais et le piano désaccordé qui n'avait pas dû servir depuis des années. L'alcool et le feu de cheminée aidant, je commençai à lui raconter mon enquête. Celui qui au deuxième verre m'avait enjoint de l'appeler simplement Robert sembla absorbé par ses pensées. Puis il me dit que je devrais aller voir une de ses amies, placée à l'orphelinat au début des années 1970. Elle pourrait peut-être me donner des informations, qui sait ? Je notai l'adresse de Meredith au dos d'une boîte d'allumettes en le remerciant pour cette nouvelle piste et pour les martinis. Dans mon cerveau une question tournait en boucle : combien de gens sur l'île étaient d'anciens pensionnaires de ce lieu maudit ?

Au fond du parc débute la Forêt oubliée, « *Forgotten Forest* ». Lily l'explore dès qu'elle le peut. Alors qu'à l'orphelinat des interrogations douloureuses la submergent quelquefois, elles s'évanouissent dans la brume suspendue aux fougères. L'air sylvestre est délicatement parfumé et chargé de promesses. Tout ici est harmonieux, en équilibre.

Dans son sac, Lily a roulé un vêtement découvert en bas d'un placard de la buanderie. Une robe en coton rouge laissée à repriser et abandonnée. Elle a recousu l'ourlet défait de la jupe ; rien n'y paraît, la robe est comme neuve, une robe de princesse.

La fillette tombe en admiration devant les orchidées sauvages déjà un peu défleuries qui parsèment le sous-bois d'une multitude de taches violettes. Leurs effluves sucrés lui rappellent une chose familière, sans qu'elle parvienne à retrouver quoi exactement.

Le tronc creux d'un chêne plusieurs fois centenaire sera une cachette idéale pour la robe.

C'était la fin de l'après-midi, aucun rayon de soleil ne pénétrait dans le petit appartement situé au-dessus de la poissonnerie où Meredith travaillait. D'emblée cette femme au visage fatigué s'excusa, elle ne recevait jamais de visiteur, elle n'avait pas l'habitude, mais elle pouvait me faire un thé. Je sentis qu'elle était stressée, je lui répondis qu'un thé c'était parfait. Meredith se détendit un peu, je la suivis dans sa cuisine d'une extrême propreté tandis qu'elle faisait chauffer l'eau. Elle commença alors sans plus de préambule à me raconter les conditions de vie à l'orphelinat : « Mon lit portait le numéro 23. Pour moi ça a été le premier choc : dans ces institutions vous n'êtes qu'un numéro. Notre vie était toujours la même, du lever au coucher. Je savais d'avance quel goût auraient le porridge et les pommes de terre bouillies qu'on nous servait à tous les repas, et combien j'aurais froid la nuit dans un dortoir non chauffé. Les hivers en particulier m'ont paru interminables... »

Meredith se mit soudain à pleurer, c'était trop dur de se rappeler ces années si difficiles. Et j'eus les yeux mouillés à mon tour en écoutant la suite de son témoignage.

Les hauts murs de l'orphelinat avaient dissimulé au monde la violence de ce qui se déroulait à l'intérieur. Meredith avait subi des attouchements répétés de la part du directeur, un monstre qui était mort trente ans plus tôt mais dont l'expression menaçante hantait encore ses cauchemars. Elle était certaine que ses camarades savaient très bien ce qui lui arrivait, et cela ajoutait à sa honte. Elle n'était restée que deux années dans l'orphelinat, mais les conséquences de ce placement avaient été irréversibles. Elle fut longtemps anorexique et sujette à des pulsions autodestructrices. Elle n'avait pas eu d'enfant, n'avait pas réussi à nouer des relations durables d'amitié ou d'amour. Elle était passée de famille d'accueil en famille d'accueil et avait toujours connu une relative misère - en disant cela Meredith fit un geste pour désigner l'appartement dénué de confort. Depuis l'adolescence elle avait le sentiment de glisser, muette, impuissante, dans une existence triste et vaine.

La seule lueur de ces dernières années avait été le rapport d'une commission d'enquête indépendante qui reconnaissait les crimes perpétrés contre les enfants de l'orphelinat : c'était un soulagement de ne plus être traitée de mythomane. Des histoires singulières de gens aux vies minuscules, une fois réunies, avaient pu faire trembler un peu le pouvoir politique et bancaire de Jersey. Le temps d'un verdict, le clivage de classes qui était le nœud de l'affaire s'était retourné.

Alors que je partais, Meredith eut cette phrase qui résumait tout : « Notre île pourtant valait mieux que de l'argent... »

Allongée sur un matelas de feuilles dorées, Lily attrape une fourmi au goût de citron. Sur son front et ses bras elle a tressé des liserons pour se confondre avec la forêt.

Après ce bain de soleil, elle va en sautillant au chêne qui abrite sa robe, l'enfile par-dessus les vêtements de l'orphelinat. Elle encercle le vieil arbre qu'elle a élu et qui dépasse tous les autres. Mille oiseaux invisibles chantent pour elle. Dans ce lieu de profonde paix, Lily rêve sa vie.

Elle s'enfonce plus loin parmi les arbres, de l'autre côté de la rivière marquant d'ordinaire les limites de son royaume. Les troncs sont maintenant étouffés par le lichen et l'air qui perce à travers les branches bien plus frais. La voûte végétale laisse filtrer peu de lumière, sa peau ne reflète plus qu'un vert phosphorescent.

Après avoir contourné des rochers, elle parvient au pied d'une petite falaise. Dans l'herbe jaillissent par touffes des fleurs d'un beau mauve, une nuance indéfinissable à la transparence délicate. Elle ne sait pas que ces anémones sont un symbole de fragilité et de sacrifice, des fleurs de la passion et de la mort. Elle en cueille pour ajouter à son déguisement et soupire de bonheur.

Quelques instants plus tard, levant la tête, la fillette aperçoit une grotte en haut de la falaise. Aussitôt elle escalade la roche moussue. Là, un homme assis sur une malle en fer, le front tourné vers le ciel, semble l'attendre. Il dit seulement en la voyant surgir couronnée de branches et de pétales : « Tiens, voici la fille de Déméter... »

J'étais adossée contre le porche de l'église normande. À la sortie de la messe, toute une société en miniature descendit les marches vers moi pour se diriger vers un buffet dressé à l'abri du froid sous les pommiers. Je rejoignis un groupe en retrait, formé par un couple d'un certain âge qui m'ignora et un grand jeune homme qui, lui, me rendit mon sourire avant de reprendre le cours de leur conversation, un peu gêné. D'autres paroissiens me répondirent poliment, mais je compris à leur amabilité forcée que personne ici non plus ne me renseignerait.

La sauterie finie, le révérend me dépassa et me salua vaguement. Je le fixai tandis qu'il descendait à pas pressés la rue bordant le cimetière, jusqu'à ce qu'il soit hors de ma vue. J'avais lu dans un article que ce révérend n'avait pas dit le moindre mot sur l'affaire pendant le prêche qui avait suivi le scandale dans les médias. La messe s'était déroulée comme chaque dimanche. Une communion en famille. À la fin, les enfants s'étaient partagé les gâteaux pendant que leurs parents buvaient du thé en devisant sur le temps.

Ce même révérend avait déclaré à un journaliste qu'il estimait que ce n'était pas la peine d'en rajouter : tous les jours dans la presse les paroissiens devaient supporter le récit des scènes horribles qui se seraient déroulées là, tous les jours ils croisaient des policiers fouillant le sol, des photographes amassés devant la porte des commerces. Il n'y avait pas un matin sans nouvelle révélation. Alors oui, vraiment, le bon révérend était convaincu qu'il était de son devoir de préserver la sérénité de ses ouailles en évitant le sujet fâcheux. Il l'était certainement encore quinze ans plus tard.

Je n'étais qu'une étrangère perturbant leur tranquillité. Une simple ornithologue à qui il était aisé d'opposer un air indifférent, quelques mots évasifs pour unique réponse. Ils avaient bien réussi à balader pendant des années policiers et journalistes en se protégeant les uns les autres, je ne les effrayais pas. Cette attitude défensive avait déjà fait du mal à la génération précédente, mais on sortait alors de la guerre - la Couronne britannique avait abandonné les îles Anglo-Normandes à la Wehrmacht, plus d'un millier de Jersiais avaient été déportés -, on pouvait comprendre que certains aient eu peur. Les habitants d'aujourd'hui, eux, ne pouvaient être comptables de crimes anciens, cependant ils étaient complices en continuant de se taire.

Un collègue qui avait été en poste à Jersey des années auparavant m'avait prévenue : « Tu verras, ils refuseront de te parler. » Puis « Ce sont des gens des îles », et tout était dit. J'avais préféré croire que sur cette portion de terre façonnée par la mer je trouverais des réponses. Si je n'en doutais pas au moment où j'avais entrepris ce voyage, j'en étais nettement moins certaine tandis que je rebroussais chemin vers l'hôtel en suivant le rivage. Les mimosas étaient en fleur et leur jaune d'or apportait une couleur de plus à l'incroyable palette des végétaux qui se détachaient sur le bleu céruléen de l'eau. En temps normal j'aurais été séduite par la beauté de ce spectacle marin, mais depuis quelques jours je percevais la mer différemment : c'est elle qui avait permis à ces gens de vivre en paix avec leurs secrets, elle qui leur conférait cette arrogance. Coupés du reste du monde par l'immensité d'eau, ils étaient entre eux.

« Qu'est-ce que c'est que cette nouvelle lubie ? Enlève ça tout de suite. »

Y. n'attend pas que Lily réagisse, il lui arrache sa couronne de liserons avec ses grosses mains, la piétine. Le surveillant en chef a tiré sur les boucles brunes au passage et s'en va en criant que ça l'étonnerait que le directeur, à la prochaine inspection, accepte des cheveux si longs.

Il n'y a pas que Y. : Lily est le souffre-douleur d'autres encadrants, et même de certains enfants de l'orphelinat, endurcis par les mauvais traitements, devenus aussi sournois et conformistes que les adultes. Elle essaie de ne pas faire attention aux insultes mais en elle, inscrite dans sa chair, il y a cette menace qui ne la quitte pas. Elle sent qu'on lui veut du mal. Elle est différente des autres et cette différence, on ne la lui pardonne pas.

Le soir, collée à la fenêtre au bout du dortoir, à mesure que le paysage se fond dans l'obscurité et que son visage aux traits si fins apparaît, reflété par la vitre, elle rêve à ce pays merveilleux au-delà de la forêt où les mères tricotent pour leurs enfants des pull-overs chauds et chantent des berceuses.

« Il ne s'agit pas d'orphelins mais as-tu suivi le scandale des enfants autochtones des pensionnats canadiens ? »

À la fin de son message, l'ami ornithologue m'avait copié le lien vers un article datant de l'automne et relatant la découverte aux abords d'une institution catholique de sept cent cinquante et une tombes anonymes. La plupart des squelettes retrouvés étaient ceux de mineurs dont le plus jeune avait sans doute trois ans. Ce nouveau scandale de la maltraitance infantile suivait de près la mise au jour de deux cent quinze corps dans les jardins d'un autre pensionnat de Colombie-Britannique qui avait existé, comme l'orphelinat de Jersey, de 1890 aux années 1970. Plus de cinq mille enfants envoyés là pour une prétendue « assimilation culturelle » seraient morts alors qu'ils avaient été confiés aux gens d'Église, sous la tutelle de l'État. Une onde de stupeur et d'indignation avait gagné tout le pays. Le Premier ministre avait déclaré : « *On ne peut pas refaire le passé, mais on peut s'engager chaque jour à le réparer.* »

En 1999, le Premier ministre d'Irlande avait adressé les mêmes excuses aux victimes des crimes sexuels commis par des prêtres dans des écoles gérées par le clergé. La liste des révélations depuis n'en finissait plus. Quelques mois avant que je ne parte dans l'île, une commission qui avait enquêté sur l'ampleur de la pédocriminalité au sein de l'Église catholique française avait établi que plus de deux cent seize mille enfants avaient subi des violences ou des agressions sexuelles de la part de religieux depuis les années 1950. Cette fois-ci le pape en personne avait témoigné de « son immense chagrin » face à cette « effroyable réalité ». Les chiffres stupéfiaient, et encore plus lorsqu'on prenait conscience que, à cause du temps et de l'omerta sans faille des religions, des diktats de l'argent ou du pouvoir, on ne connaîtrait jamais l'ampleur de ces drames absolus.

Même si dans le cas de Jersey il n'était pas question de racisme systémique, en lisant cet article beaucoup de coïncidences me troublèrent. On remarquait un même scénario délétère : des adultes avaient abusé de la vulnérabilité d'êtres sans défense issus de milieux défavorisés, et leurs agissements avaient pu se dérouler pendant des années en toute impunité parce qu'il y avait eu un terrible échec de la protection de l'enfance. Dans ces « dysfonctionnements » en chaîne, difficile de savoir à qui en vouloir le plus : les instances publiques, la police, la justice, l'aide sociale, tous avaient failli à chaque étape.

Depuis qu'elle est à l'orphelinat, à cause des moqueries sur sa manière de se tenir, sa délicatesse, Lily a parfois honte de son corps. Pourtant on ne peut qu'être frappé par ces yeux en amande et ce visage de madone. Cette fillette si vive, si gaie, le cœur sur la main, est une enfant lumineuse qui selon les moments ressemble à une sauvageonne ou à une reine. C'est peut-être sa beauté solaire autant que sa différence qui gêne.

À l'arrivée de Lily on lui a rasé les cheveux, comme aux autres gamins. Toutefois, dans son cas, les mèches soyeuses ont été massacrées avec un plaisir non dissimulé. Jamais Lily ne s'était sentie aussi humiliée. Un sanglot coincé dans la gorge, elle a songé à sa mère, qui lui disait toujours combien sa chevelure bouclée lui allait bien. Sa tendresse lui manquait tellement.

Les cris du Petit l'ont sortie de sa mélancolie : à l'autre bout de la pièce il s'était aperçu dans un miroir, et aussitôt les larmes ont jailli sur ses joues de pêche, encore plus rebondies maintenant qu'il était tondu. S'efforçant de prendre un air bravache, elle lui a adressé un signe d'entente, il a reniflé et acquiescé. Avant de se remettre à pleurer quand Lily a écopé d'une grande claque sur la nuque parce que Y. avait cru qu'elle se moquait de lui. L'aversion entre eux avait été immédiate et réciproque.

Pour finir sur une note plus légère mon ami avait joint à son message un enregistrement d'un crave à bec rouge. Lorsqu'il était en poste à Jersey, une de ses missions avait consisté à veiller à la protection de cet oiseau récemment réintroduit sur l'île aux Fleurs. Depuis, le crave s'était si bien réapproprié son territoire qu'on en avait même retrouvé quelques descendants sur les côtes françaises. J'étais chargée de le prévenir si par bonheur j'en apercevais un.

L'histoire de ce corvidé m'a rappelé un conte qu'on me racontait enfant à propos de Hugin et Munin, les deux corbeaux géants de la mythologie scandinave représentant la pensée et la mémoire. J'avais toujours adoré cette histoire d'envoyés des dieux pleins de sagesse, parcourant les neuf mondes de Midgard à l'aube pour en rapporter les merveilles à l'oreille d'Odin.

Il y avait ici une foule de volatiles marins, chaque jour j'en découvrais des nouveaux. Mon ami m'avait appris qu'on avait dénombré dans les îles Anglo-Normandes trois cents espèces de toutes plumes, de toutes couleurs.

Le matin suivant, je fus réveillée par le trille d'une fauvette à tête noire. Son chant ascendant était scandé par les gouttes de pluie dont le timbre variait à ma fenêtre selon la surface qui les accueillait : feuilles, graviers de la cour, rebord en zinc... Au petit déjeuner, après avoir avalé mes œufs au bacon sous l'œil de Robert qui s'inquiétait à chaque repas de mon appétit, j'entamai une discussion à propos des chants d'oiseaux entourant constamment son hôtel recouvert de vigne vierge. Il me dit que pour lui c'était un peu comme d'avoir la chance d'entendre des langues anciennes que plus personne ne parlerait.

J'ai pensé : sauf mon père.

Mon père, cristallisé pour moi dans trois éternelles postures. Aux aguets pour écouter une mélodie dans le jardin, avec l'air aussi captivé que s'il suivait la conversation d'un ami. Penché sur son piano, toujours si élégant, ses cheveux argentés touchant presque le clavier, égrenant inlassablement les compositions d'un Olivier Messiaen aimé par-dessus tout. Ou son immense corps cassé en deux dans un fauteuil, le visage ravagé de n'avoir pas dormi depuis des nuits, terrassé par une crise d'angoisse.

Lily masse l'hématome qui encercle son poignet comme un bracelet. Elle connaît par cœur la succession des couleurs que prendra bientôt la marque bleutée.

Dans une heure le jour va envahir le dortoir. Lily profite de ces derniers instants de calme pour rejoindre le lit voisin. Elle se tient nez contre nez avec le garçon qui s'est instinctivement rapproché. Elle respire l'odeur de sa peau. La grâce câline du petit compagnon éponge toutes les peines.

Elle repense à leur conversation sur la tombe des oisillons. Elle sait qu'il espère sans relâche qu'on vienne le chercher. C'est le fantasme collectif des orphelins qui, dans leur roman familial, ne peuvent accepter l'abandon : le retour des parents... Un fol espoir l'étreint parfois elle aussi lorsqu'elle baisse la garde, et particulièrement la nuit lorsque le désespoir la submerge. Elle se dit que si le vent fait bouger la branche posée sur le muret ce sera la promesse qu'elle reverra bientôt sa mère. Elle cherche des indices dans les teintes sombres d'un nuage, le sifflement d'un oiseau, un événement dérisoire. La fillette invente des signes visibles d'elle seule. Et les efface le matin suivant. Si raisonnable déjà du haut de ses huit ans.

Lily regarde le Petit dormir, avec un ronflement léger et régulier. Il faut qu'il apprenne à vivre sans l'aide des adultes. Et même pire ici : contre eux.

Deux semaines après mon arrivée, j'étais totalement découragée. Les traces du passé semblaient autant de gouttes de pluie qui se seraient perdues dans le sable gris de cette île noyée d'eau.

Alors que les nuages se déversaient sans discontinuer depuis le début de la matinée, je suis descendue au salon pour me préparer un café sur la table de service en acajou. J'ai allumé une cigarette et saisi sur le rebord de la cheminée un exemplaire du *Jersey Evening Post* en espérant peut-être trouver quelque chose dans ses lignes. Je n'étais plus à une fausse piste près... Mais le seul article intéressant concernait le célèbre zoo créé par Gerald Durrell, le frère de cet écrivain que j'admirais. Un journaliste avait interviewé l'homme qui avait été sauvé par un gorille à dos argenté alors qu'enfant, en 1986, il était tombé accidentellement dans l'enclos des grands singes réputés si agressifs. Je regardai la photographie de l'héroïque Jumbo couché au soleil devant un paysage vallonné en pensant aux orphelins qui n'avaient reçu, eux, aucun secours des humains.

J'en étais là de mes considérations amères quand, au hasard d'une balade dans le village, je croisai le jeune homme de l'église. Il me salua et, cette fois-ci, m'adressa la parole : « Ma grand-mère a été institutrice à l'orphelinat dans les années cinquante. Je peux lui demander si elle accepterait de vous rencontrer, elle est presque centenaire et parfois sa mémoire flanche, mais elle se souviendra peut-être de quelque chose... »

J'étais à la fois reconnaissante et étonnée par cette proposition qui tombait du ciel. Je détaillai son visage régulier parsemé de taches de rousseur, ses yeux ombragés par de longs cils, un visage très doux. Je lui souris. Il sembla soulagé, nota mon téléphone et ajouta en me quittant : « Voulez-vous me dire pourquoi vous vous préoccupez d'une si vieille histoire ? Parce que les policiers et les journalistes ont vraiment tout remué, je ne crois pas qu'il y ait encore beaucoup à apprendre. »

Je ne savais comment répondre que l'affaire de pédophilie n'était pas en lien avec ce qui m'avait fait venir ici, enfin pas exactement. Et puis les mots vinrent tout seuls : « L'un des enfants qui avaient été placés là est mon père. »

Le Petit a réveillé le dortoir en hurlant. C'est la terreur de tous les enfants : faire des cauchemars en pleine nuit, et que le surveillant en charge du dortoir ouvre la porte et punisse. Car pour l'avoir obligé à se déplacer la sanction sera sévère.

Lily a très bien entendu ce que le Petit hurlait. « *Papa, papa, papa !* » Elle a voulu le consoler, mais le surveillant avait déjà fondu sur son lit avec sa lanterne, le secouant brutalement, contre tout bon sens. Elle n'a pas compris ce que l'adulte transpirant lui a dit à l'oreille, cependant elle imagine facilement que le Petit a eu peur de ces paroles d'intimidation. Elle se glisse vers lui dès que la lumière au bout du couloir s'est éteinte et presse sa main dans la sienne plusieurs fois. Le Petit répond à l'identique, c'est un code entre eux, ils n'ont pas besoin de se parler. Un mélange de « je t'aime » et de « ça va aller ».

Longtemps après, dans le dortoir redevenu silencieux, Lily conserve les yeux ouverts sur la pénombre. Songeant à ce père que le Petit a appelé, lui qui ne peut pourtant pas s'en souvenir. Et de grosses larmes coulent sur ses joues.

Le 21 juin dernier - je me rappelle précisément la date parce que c'était la fête de la musique, et que mon père devait jouer le soir-même dans la ville où j'étais née -, le matin du 21 juin donc il m'a appelée, il n'avait pas dormi de la nuit. La veille il avait regardé un documentaire sur Arte qui s'appelait « Jersey : l'orphelinat de la honte ». C'était un film de 2020, inédit en France, qui analysait le scandale sous un angle politique, montrant combien l'affaire avait été étouffée par les représentants de la Couronne britannique. Dès les premières minutes du film, mon père avait été saisi d'effroi. Il avait immédiatement reconnu la sinistre bâtisse puis des images fugitives lui étaient revenues en vrac, l'avaient submergé au point qu'il avait cru suffoquer.

Mon père savait par ses parents adoptifs qu'il avait séjourné dans un orphelinat anglais avant d'être envoyé en France en 1959 à l'âge de cinq ans. Il remerciait le hasard qui lui avait permis de grandir dans une famille aimante quand tant d'enfants voyaient leur destinée entière brisée par les séparations et les placements. Il connaissait l'essentiel, il n'avait jamais cherché à en apprendre plus. Contrairement à certains orphelins, il prétendait qu'il n'était pas habité par l'énigme de sa naissance.

Quant à sa mémoire enfouie, il ne voulait pas y toucher. C'était une boîte noire, opaque, fermée. Il me confia qu'il avait toujours su pourtant qu'il l'ouvrirait un jour mais il n'aurait jamais imaginé devoir le faire ainsi, à cause de la révélation d'une histoire si effroyable. Désormais, le passé béait comme une plaie devant lui, abolissant le temps d'une vie.

Mon père était tétanisé par une obscure appréhension. Je ne crois pas qu'il ait jamais eu peur d'avoir été abusé lui-même - c'était la première question que je lui avais posée -, mais une chose le hantait, sans qu'il parvienne à la faire ressurgir du sommeil amnésique qui avait tout enseveli. De ses années dans l'île il ne se rappelait rien. Rien sauf ce bâtiment anthracite, et aussi cette petite fille qui s'appelait Lily et dont il m'avait parlé vers la fin de l'été au sortir d'une nuit plus cruelle que les autres. Il tentait, en vain, de creuser son inconscient pour faire remonter le souvenir de cette autre enfant dont le prénom lui était revenu après soixante années d'oubli.

Lily a un secret. Même au Petit elle n'en parle pas.

Elle est retournée plusieurs fois rendre visite à l'ermite. Elle n'éprouve aucune crainte, d'emblée elle a su que cet homme était inoffensif. Avec sa silhouette pâle dessinée par un imperméable fermé d'une ficelle et ses cheveux emmêlés dépassant de son bonnet rouge, on dirait un pirate mais un pirate aux gestes lents, à la parole d'or. Dans cette caverne où chaque jour est la répétition du même, le temps n'a plus de prise sur lui.

Elle n'a pas eu besoin de raconter ce qui se passe à l'orphelinat, il a deviné les souffrances de l'enfant et son besoin de se créer un jardin inviolable pour affronter un supplice quotidien.

Il tente de la distraire en lui indiquant une vanesse aux ailes orange qui se réchauffe sur une pierre. Au fur et à mesure de leurs rencontres il lui a appris le nom d'autres papillons comme celui des phalènes dorées butinant les bruyères, et montré certaines plantes exotiques de cette île sur laquelle tout pousse : dattiers, chênes verts, canne à sucre... Du doigt il effleure une ancolie, surnommée « colombine » pour la forme si évocatrice de ses pétales. Lily pense au Petit, qui à son tour quand elle lui rapportera cette anecdote boira ses paroles, comme toujours. Son nouvel ami ajoute que dans la forêt personne ne meurt de faim.

De l'ermite émane constamment cette agréable odeur terreuse de la grotte et Lily, en sautant de pierre en pierre pour retraverser la rivière, songe qu'à force elle va bientôt en être tout imprégnée elle aussi.

Au début du mois de décembre, ma belle-mère m'a téléphoné. Mon père subissait une crise d'angoisse plus éprouvante que jamais et avait annulé tous ses concerts. Au plus profond de sa détresse il envisageait d'arrêter sa carrière de pianiste. Elle était bouleversée, il en était au point de ne plus se lever, il ne supportait plus qu'on le touche. Ce mal noir qui l'enserrait le rendait complètement absent au monde. Rien ne le sortait de son abattement, pas même la musique. C'était comme si autour de lui tout était silencieux.

Sa mélancolie monomaniaque le faisait délirer sur un seul thème : retrouver Lily. Il m'avait déclaré que c'était devenu *vital* pour lui et ce mot m'avait plongée dans une grande inquiétude car j'avais lu que beaucoup d'anciens de l'orphelinat s'étaient suicidés. Dans un élan du cœur je fis donc la promesse d'aller à Jersey sur les traces de cette enfant. Pour lui j'allais m'improviser enquêtrice, archiviste...

J'étais la petite-fille d'une parfaite inconnue qui avait laissé son fils dans le pire endroit imaginable. Savoir pourquoi elle l'avait abandonné là et pourquoi il s'était retrouvé ensuite en France, ce qui s'était passé quand il avait cinq ans et qui avait conditionné toute sa vie ensuite, me concernait aussi. J'avais le sentiment que partir pour cette île, étrangement, me permettrait de me rapprocher enfin de ce père que j'aimais tant.

Dès les premiers mètres, les bois répandent leur odeur aromatique et poivrée. Quand Lily apparaît dans un halo de lumière, les oiseaux lui font fête. Des dizaines de mésanges volent près d'elle, jusqu'à frôler ses cheveux et ses bras. Les passereaux modulent leurs cris différemment, plus fort, plus aigu. Toute la Forêt oubliée bruisse de joie.

Arrivée au milieu d'une clairière, la fillette claque des doigts. Un oiseau aux rondeurs douces surgit et mange dans sa paume tendue les miettes apportées, avant de s'évanouir à nouveau dans les feuilles d'un châtaignier. Ce manège répété à chacune de ses venues l'émerveille tant que parfois Lily se demande si elle est réellement éveillée.

Autour de son grand chêne elle exécute une danse du soleil comme elle l'a vue sur une gravure de son livre d'histoire, chantant et brandissant en l'air un fossile d'ammonite offert par l'ermite. Elle tient des millions d'années dans ses mains et rit en s'écroulant dans l'herbe, essoufflée.

Alors qu'elle contemple par en-dessous le monde renversé des branches et du ciel, Lily sent que l'arbre est le centre vivant d'un cercle invisible qui la protège.

La fin de l'hiver semblait suspendue. J'évoluais dans un théâtre attendant d'être éclairé. Il y avait une beauté triste dans ces journées aux ciels bas, quelque chose de désespérant aussi dans le calme olympien qui maintenait l'île sous cloche.

Sur les lits jumeaux de ma chambre, j'avais étalé les articles parus dans la presse anglaise au moment où le scandale avait éclaté. Parmi la masse d'informations réunies depuis l'été, une histoire en particulier avait attiré mon attention, parce qu'elle se confondait dans mon esprit avec celle du *Roi des Aulnes*, et parce qu'elle se situait pendant la période qui m'intéressait.

Il s'agissait de l'histoire d'Alphonse Le Gastelois, un marginal accusé de crimes sexuels dans les années 1950. Des jeunes filles et des enfants avaient été sauvagement agressés dans le nord-est de l'île qui peu à peu plongea dans une véritable psychose. L'ouvrier agricole, soupçonné parce qu'il avait le tort d'aimer se promener la nuit dans la lande austère de Saint-Martin, fut caillassé un soir par de bons pères de famille. Quelques jours plus tard il fut arrêté par le centenier et emprisonné. Cet homme incapable de se défendre était le bouc émissaire idéal, cependant il s'avéra assez vite qu'Alphonse était innocent car les crimes continuèrent. Bientôt il y eut même des meurtres, commis chaque fois des nuits de pleine lune selon une mise en scène macabre en hommage à Gilles de Rais. Il faudrait des années pour que l'on interpelle le responsable de ces agressions, celui qu'on surnommerait « la Bête de Jersey », un sadique dont on s'apercevrait, entre autres ironies affligeantes, qu'il avait été engagé plusieurs hivers pour faire le Père Noël à l'orphelinat...

Mais à ce moment-là Alphonse, choqué d'avoir été suspecté par ses propres voisins et maltraité par la police, était déjà loin. Pendant qu'il était à l'hôpital, sa chaumière avait été brûlée. Après cette énième injustice, il s'était installé à sa sortie dans une grotte puis avait choisi un autre exil sur l'archipel désolé des Écréhou où il vécut durant quatorze ans. Un journaliste de *L'Aurore* titra en 1965 : « J'ai retrouvé le dernier Robinson du XXe siècle sur un rocher au large de Jersey ».

Cet homme fruste qui n'était jamais allé à l'école avait récupéré un manuel de droit on ne sait où, dont la lecture minutieuse lui avait appris qu'il bénéficiait d'un statut spécial hérité d'un très ancien droit normand : « *Toute personne qui séjourne en paix pendant dix ans et un jour sur une île ne peut plus en être expulsé.* » Un autre ermite, qui avait vécu entre 1848 et 1896 sur cet archipel de légende si difficile d'accès, avait d'ailleurs été anobli par la reine Victoria. Le Gastelois envoya donc directement un courrier à Sa Majesté Élisabeth II pour justifier sa position : « *Ceci est une déclaration officielle de ma revendication de propriété sur cet îlot qui est mien et il sera temps de réfléchir*

à un titre de souverain. J'ai l'intention d'y vivre pour toujours. »
Sans attendre l'arbitrage officiel de celle qui était Duc de Normandie, et de manière surprenante pour un homme si simple, il se proclama « roi des Écréhou ».

Lily pense en permanence à sa mère, avec tendresse. Parfois il lui arrive aussi de lui en vouloir d'être absente. Comment ne pas subir cet abandon comme une trahison ?

Ce sentiment d'agressivité entraîne aussitôt une immense culpabilité, la petite fille sait que sa mère a fait tout ce qu'elle pouvait.

Un souvenir heureux revient comme le ressac ces derniers temps. Lily ne se rappelle plus très bien où elles se promenaient, seulement qu'il y avait cette grande allée qui descendait entre des haies d'hortensias, sa mère lui tenait la main. Elles avaient entendu des notes de piano et s'étaient arrêtées sous la fenêtre de l'hôtel d'où provenait la mélodie. Sa mère s'était penchée pour l'embrasser et avait enroulé une boucle de ses cheveux autour de son doigt d'un air songeur.

Mon père a toujours eu une aptitude au silence. Enfant déjà j'avais appris à me taire à ses côtés, guettant ses rares paroles. J'aimais flâner dans son bureau lorsqu'il était à son piano dans la pièce voisine. Tout ici était imprégné de son parfum aux tonalités d'iris, de bergamote et de sauge. Par la fenêtre, une douce lumière baignait les rayonnages d'une bibliothèque où s'amassaient les ouvrages de botanique et d'ornithologie. Sur la table en bois clair, je touchais comme des reliques les partitions et les boîtes en fer contenant des bandes magnétiques de chants d'oiseaux.

Je devais avoir une dizaine d'années peut-être quand il m'a fait un double cadeau : un petit enregistreur de poche et une paire de jumelles avec lesquelles nous avions contemplé par la fenêtre un moineau assoupi sous une voute d'aubépines.

Dans mon souvenir, mais c'est sans doute inexact, c'est aussi ce jour-là que mon père m'a parlé pour la première fois des trois cents carnets de notations dans lesquels Olivier Messiaen avait retranscrit les chants qu'il enregistrait, magnétophone en bandoulière, avec sa femme, Yvonne Loriod, sa femme au si beau nom de passereau. Et mon père m'avait montré, pour m'amuser, une carte de visite du compositeur, sur laquelle était marqué : « *Olivier Messiaen - ornithologue et rythmicien* ».

Une séance de tribunal se déroule à l'orphelinat chaque semaine avec un cérémonial immuable : les enfants sont réunis par les surveillants surexcités devant l'estrade du réfectoire où le directeur, M. Tilbrook, prend la parole. Pour être plus exact, cet homme agressif ne parle pas, il se contente de crier sur les enfants en tenant ostensiblement dans ses mains poilues la lanière de cuir avec laquelle il terrorise les plus jeunes, car il entend bien mener l'orphelinat comme un camp militaire. D'ailleurs il répète assez souvent que les garçons doivent afficher une allure « virile », ici il n'est pas question qu'on tolère des coquetteries de « femmelettes ». Lily, quand elle entend de pareilles bêtises, serre les poings au fond de ses poches.

L'institutrice en charge des grands seconde Tilbrook dans l'application des lois. Contrairement au directeur, cette femme au visage en lame de couteau n'est pas haineuse mais elle se montre toujours intransigeante. Si la tenue et l'alignement ne sont pas parfaits, la punition viendra d'elle. Et Lily sait que, même si elle ne cautionne pas les dérives de Tilbrook, elle n'aidera jamais ces enfants dont on lui a confié l'éducation. Pour une bigote pétrie de convictions, ces gamins sans religion, ces enfants du péché qui ont forcément hérité des vices supposés de leurs parents sont de la mauvaise graine à redresser.

Après le discours d'introduction, le mécanisme pénal au cœur de ce système disciplinaire fou oblige les élèves accusés de différents délits à s'avancer d'un pas pour être jugés en public. Certaines fois, sur un signe de tête du directeur, les surveillants frappent les enfants à coups de baguette pour leur faire avouer leurs prétendus crimes. Puis le verdict tombe du haut de l'estrade : Tilbrook énonce les châtiments, disproportionnés, tandis que l'assemblée se recroqueville à ses pieds. Ce jour-là, trois garçons iront directement au cachot pour avoir fumé un mégot.

La grand-mère du jeune homme rencontré devant l'église se rappelait très bien mon père. L'ancienne l'institutrice avait confié à son petit-fils qu'elle savait aussi pourquoi il avait quitté le pensionnat. En fait elle savait tout. Le secret qui avait entouré l'enfance de mon père reposait entièrement dans la mémoire de cette femme au bout de sa vie.

J'avais interrogé en vain de nombreux habitants, guidée par les articles de presse, essayant de rencontrer ceux qui avaient fait la une quinze ans plus tôt, même si la plupart avaient disparu depuis ou quitté Jersey. J'avais parcouru l'île dans tous les sens alors que cette femme habitait à quelques rues de mon hôtel.

*

À l'adresse donnée il y avait deux villas jumelles. J'ai hésité, sur les boîtes aux lettres les noms de famille étaient identiques. J'ai finalement choisi l'allée de droite. Peut-être parce que de ce côté-là la boîte arborait le prénom d'Adèle et que, sur cette île où le fantôme d'Hugo n'était jamais loin, cela m'évoquait sa fille. Adèle H. avait écrit dans son journal ces phrases sur Jersey qui me semblaient aujourd'hui si décalées : *« C'est un jardin en fleurs baigné par la mer. C'est un bouquet trempé dans l'océan qui a le parfum de la rose et l'amertume de la vague. »*

Cependant l'Adèle qui m'attendait était bien différente de mon héroïne. La vieille femme desséchée avait des yeux verts de vipère. Son apparence mettait mal à l'aise et le décor de sa maison n'était guère plus avenant. Dès l'entrée, une succession d'objets religieux jalonnait une galerie de portraits sinistres. « Ma famille est sur l'île depuis le XIVe siècle, nous sommes des descendants directs de Guillaume le Conquérant », précisa l'ancienne institutrice quand elle vit que je scrutais les tableaux. Elle était décidément très antipathique mais j'espérais que grâce à elle mon enquête fasse un bond et j'étais dans un incroyable état de fébrilité en la suivant dans son salon, où une horloge qui avait dû compter toutes les heures de son existence remplissait l'espace de ses battements réguliers.

« Son départ du pensionnat a fait suite à un terrible accident. »

Mon corps se raidit, j'étais loin d'imaginer une telle entrée en matière. L'institutrice poursuivit l'histoire de sa voix monocorde, sans paraître s'apercevoir du bouleversement qu'elle venait de créer en moi : l'ermite, une aube, avait ramené mon père au village après l'avoir trouvé dans sa caverne. Il le tenait endormi dans ses bras lorsqu'il avait sonné à sa porte comme moi aujourd'hui, il le lui avait remis avant de repartir sans un mot. Elle soupira : « Je l'ai laissé s'éloigner, c'était un homme étrange et néanmoins je savais qu'il n'avait fait aucun mal à votre père. Certains avaient prétendu qu'il était coupable des crimes dans la région, mais c'était un pauvre innocent et je l'ai soutenu avec quelques autres paroissiens qui avaient conservé leur raison, même si ça n'a servi à rien. »

Elle baissa un peu la voix au moment de raconter, à ma demande, ce que j'ignorais des dernières années d'Alphonse Le Gastelois. La prostration de l'ermite après que des représentants des États de Jersey eurent tué tous les lapins sur son îlot, la fin de l'utopie, l'obligation de rentrer à Jersey à bord d'un bateau militaire pour un nouvel emprisonnement - à son jugement il aurait déclaré avec panache « *Je suis le roi des Écréhou et je ne reconnais pas votre justice* » - et sa lente agonie dans un hospice. Une mort plus solitaire que ne l'avaient été les années sur son îlot bercé par le bruit incessant des vagues, parmi ses amis les phoques et autres huîtriers, cormorans, fous de Bassan...

Mais ces dernières considérations étaient de moi, car Adèle, elle, ne montrait aucun sentimentalisme en évoquant cet homme trop libre qui fut harcelé toute sa vie par ses concitoyens. Elle égrenait les événements tragiques froidement, comme à regret.

J'eus du mal à la faire revenir au jour où l'ermite avait sauvé mon père. Elle finit par avouer que personne n'avait compris pourquoi les enfants s'étaient échappés.

Je l'interrompis : « *Les* enfants ? »

Elle soupira, elle en avait déjà trop dit. « Oui les enfants. Votre père et Lily. »

Dans l'entrée de la caverne Lily surprend l'ermite récitant pour lui-même un poème. Elle saisit quelques mots hachés par le murmure du vent contre les rochers : « Coryphée de la solitude... spectrale présence... »
Lily trouve étrange que cet homme si cultivé vive dans un abri et n'ait jamais vraiment exercé de métier. Mis à part celui de cantonnier dans le village voisin, où il a travaillé juste avant qu'elle ne soit placée à l'orphelinat. Avant qu'on lui cause tant de peine, à lui aussi.

Elle s'assoit sur la caisse à la peinture écaillée par endroits. L'ermite lui dit : « Si tu veux, ta robe, tu peux la laisser dans ce coffre. Ici on ne viendra pas te la prendre. »

Il lui fait ensuite visiter la grotte. Pour elle il allume exceptionnellement la flamme de sa lampe en plein jour afin d'éclairer ce théâtre de mystères dont il lui a parlé tant de fois. Elle suit instinctivement la paroi et comprend pourquoi il aime cet endroit quand le plafond de la première salle apparaît recouvert de gouttelettes étincelant comme autant de perles d'argent. Après avoir pris un chemin tortueux entre des blocs, ils arrivent au fond d'une galerie étroite scellée par des coulées de calcite. L'ermite lui fait signe de s'accroupir à côté de lui : en contrebas, sur une dalle de calcaire, un crâne de chèvre est posé au centre d'un cercle de galets. Une main d'un autre âge a décoré la paroi de multiples taches d'ocre et de manganèse, retraçant sur la dentelle de pierre une cosmogonie troublante.

Le temps s'écoule plus vite sous terre. Lorsque Lily ressort à l'air libre, un ciel chatoyant de fin d'après-midi se découpe dans l'entrée de la grotte. Le retour précipité à l'orphelinat est sans surprise suivi d'une punition et d'un enfermement. Un désarroi profond succède chez la fillette à sa gaieté rayonnante, et pourtant elle ne regrette rien, toute la nuit depuis son cachot elle rêvera à ce plafond étoilé.

« Le gamin hurlait à son réveil. Il n'arrêtait pas de crier qu'il fallait aller chercher Lily... »

L'institutrice ferma les yeux un instant. Je n'osais pas parler, je retenais mon souffle. Elle était si âgée, et c'est si fragile la mémoire. Néanmoins elle continua : « Alors mon mari et quelques voisins sont partis dans la Forêt oubliée. Lily était bien là où le garçon l'avait dit. Il n'y avait plus rien à faire. »

L'annonce me pétrifia. Je venais de retrouver Lily et voilà que j'apprenais sa mort. Je venais de faire sa rencontre et je devais la perdre définitivement...

L'institutrice s'arrêta en se rejetant en arrière dans son rocking-chair, j'eus la certitude qu'elle ne m'avait pas tout dit, et même qu'elle me mentait. J'eus envie de la secouer. J'essayai de lui poser d'autres questions : Qui était Lily ? Une orpheline, la fille d'un membre du personnel, une voisine ? Et comment était-elle morte ? Pourquoi ? Mais la vieille dame assura ne plus rien avoir à m'apprendre. Elle marmonna que jamais elle ne m'aurait parlé si son petit-fils n'avait autant insisté. Elle était fatiguée. Très fatiguée. Ses yeux se fermèrent à nouveau. Je compris que de cette femme silencieuse, parfaitement immobile, absorbée dans sa mémoire verrouillée, je ne tirerais plus rien.

Ses dernières paroles avant de s'assoupir avaient été : « La mémoire se conforme à ce que nous croyons nous rappeler, on ne peut pas davantage se fier à nos souvenirs qu'à notre imagination. »

Le Petit était inquiet de ne pas avoir vu Lily rentrer la veille. Il craignait qu'elle ne se soit égarée dans la forêt et qu'elle ne se soit fait dévorer par le prédateur cruel de ses peurs enfantines. Lily le serre très fort dans ses bras au milieu du dortoir mal éclairé et le rassure. Tout en se disant que les loups les plus féroces de cette île sont déjà entrés dans la bergerie. Ils en sont même les gardiens.

Pour lui changer les idées, elle lui montre sous son lit la boîte qui renferme ses collections de plumes, de pommes de pin et de fleurs séchées. Dans cet établissement où les enfants n'ont ni armoire ni tiroir pour leurs affaires, seulement une étagère surplombant leur lit en fer, les trésors s'entassent dans des cachettes de fortune.

Du fond de sa boîte, sous des objets de toutes les formes, elle retire une enveloppe bleu pâle. Elle hésite à lire la lettre au Petit. Plus tard peut-être. En attendant de se décider, elle la glisse dans la poche de sa blouse, contre son cœur.

Ce soir-là ce fut ma belle-mère qui décrocha et me prévint de la situation en quelques mots. En effet, quand elle me passa mon père je reconnus immédiatement à l'atonie de sa belle voix grave un de ses mauvais jours. Alors que depuis Noël la promesse que je lui avais faite de mener cette enquête semblait l'avoir apaisé, il sentait l'approche d'une nouvelle crise. Il n'aurait donc jamais de répit. Il était épuisé, en nage et tremblant. Comme chaque fois il se demandait s'il parviendrait à remonter à la surface lorsqu'il serait pris par la grande vague. Et comme chaque fois j'essayai de le rassurer maladroitement.

J'avais résolu, tant que je n'en saurais pas plus, de ne pas évoquer Lily. Avant de raccrocher, toutefois, je lui racontai ma rencontre avec Adèle et lui demandai si le nom de cette institutrice ne lui disait vraiment rien ? Rien du tout. Malgré les détails dont j'essayais de nourrir sa mémoire, son enfance ne lui avait pas été restituée.

Il me livra encore, et ça me rendit triste, ses dernières tentatives pour se rappeler Lily. Mais il n'avait pas l'aube d'un souvenir. Seulement ce prénom remonté de la nuit des temps, et l'impression parfois de réentendre sa voix qui l'appelait. Il en faisait des cauchemars. « Si j'avais juste une idée de la couleur de ses cheveux ou de ses yeux, peut-être parviendrais-je à réanimer ce fantôme éteint en moi. »

*

Une lumière très blanche projetée par la pleine lune se reflétait sur la mer, elle entrait à flots par la fenêtre et dansait sur les feuilles éparpillées à côté de moi. Je rallumai, quelque chose m'était revenu. En reprenant une énième fois ma documentation, je retrouvai dans un article local relatant le procès un nom qui m'avait échappé jusqu'à présent. Celui de l'intendante de l'orphelinat, qui avait été appelée à témoigner. Le même nom que sur la boîte aux lettres à côté de celle d'Adèle. Sa sœur, dans la maison mitoyenne. Les deux sœurs travaillaient donc ensemble à l'orphelinat.

Si l'une refusait de m'en dire plus, l'autre accepterait peut-être...

Sa mère est penchée à la fenêtre, elle s'est faite belle et rayonne de bonheur. Elle a l'air si jeune. C'est sa mère d'avant. Avant qu'on ne la quitte, avant la misère, avant qu'elle ne tombe malade.

Lily, près d'elle, respire l'odeur des orchidées fraîchement coupées et fixe sur la table l'arc-en-ciel causé par la décomposition des rayons lumineux à travers le vase. Lorsque tout à coup sa mère bascule. Impuissante, Lily tend les bras vers elle pour la retenir et ne touche que le vide.

Sa mère s'est transformée en oiseau, elle vole maintenant parmi ses amis aux plumes colorées. Quelques pennes se détachent, rouges, jaunes, émeraude, et se posent sur le sol enneigé, à côté de la tombe des mésanges.

Lily se réveille, en nage.

Une fois de plus je me suis retrouvée devant ces deux villas blanches où l'ermite s'était présenté un matin de l'automne 1959, mon père dans les bras. J'ai poussé le portail de gauche et sonné. Personne. J'ai contourné la maison par l'extérieur pour accéder au jardin. L'intendante était bien là, assise sur un banc au soleil.

« Je vous attendais. Asseyez-vous près de moi et laissez-moi parler sans m'interrompre. »

Je rejoignis cette petite vieille recroquevillée dans sa robe-tablier, sa main nouée sur un mouchoir. Sa voix s'éleva, fluette, essoufflée, et dès les premiers mots sa confession me glaça : « C'est notre faute si les enfants se sont sauvés... »

Elle continua avec une lenteur insupportable. Elle s'était occupée de mon père jusqu'à ce qu'il rejoigne une institution sur le continent et durant ces quelques jours où elle avait essayé de se rattraper en lui faisant avaler des beignets et des tartines de *black butter*, le garçon lui avait raconté les jeux secrets dans le parc, les coups, leur fuite... Tout sauf la chute de Lily que *Dieu merci il n'avait pas vue.*

Lily était bien à l'orphelinat, depuis son arrivée elle avait été le souffre-douleur de certains adultes. L'intendante s'était montrée elle-même très dure avec cette enfant. Elle était sous l'emprise d'un surveillant qui terrorisait les gamins, c'était un type sadique mais elle était amoureuse. Elle déballa ensuite une litanie d'excuses, le climat toxique à la suite des crimes de la Bête de Jersey, les séquelles de la guerre, les rumeurs qui couraient sur les agissements du directeur, la pression subie par le personnel...

Je compris que le souci principal à l'orphelinat, comme dans toute l'île, avait toujours été le même : il ne fallait pas ébruiter la mort de Lily pour ne pas risquer de créer un nouveau scandale.

« C'est Adèle qui n'a pas voulu qu'on dise la vérité au garçon. Elle a fait en sorte qu'il quitte l'île et qu'il puisse oublier, tous nous oublier.

– Vous vouliez surtout reprendre votre quotidien n'est-ce pas ? La disparition de Lily n'avait pas d'importance. Le destin de mon père non plus... Qui s'occuperait de l'avenir d'un orphelin ?
– Ne nous jugez pas trop sévèrement, s'il vous plaît. On avait essayé de joindre votre grand-mère, on a appris qu'elle était morte elle aussi quelques jours avant l'accident. On ne l'avait pas su à l'orphelinat... Adèle a donc cru bien faire avec votre père, c'était mieux, je vous assure. Mais vous ne pouvez pas savoir à quel point cette histoire me perturbe depuis toutes ces années... »

Alors que je m'apprêtais à partir, j'aurais juré qu'une ombre avait passé derrière la fenêtre d'Adèle et qu'elle nous avait entendues. Je m'éloignai dans la rue avec la sensation de son regard pesant sur mon dos. J'aurais dû répondre à sa sœur que, pour ce qui était de l'oubli, elles avaient réussi : l'île pour mon père était un trou noir. La part manquante de son enfance et ce drame vécu et tu avaient créé chez lui cette fragilité, cette insécurité, ces crises qui le confrontaient à l'abîme du temps et l'avaient régulièrement fait désirer mourir. Du plus loin qu'il s'en souvienne, l'angoisse était présente. Elle venait directement de cet immense vide créé par l'arrachement brutal d'une part essentielle de lui-même, à un âge trop tendre. Mon père, ouvert dès lors à tous les vents, avait été condamné à voir son existence s'écouler en surface.

L'automne a débarqué sans prévenir. Toute l'île s'est installée dans un froid pénétrant en une nuit. La pluie depuis l'aurore ne cesse de tomber, son bruit monotone sur le toit berce les enfants. Seule Lily est éveillée. Le mur humide dégage un relent de moisissure plus âpre que jamais, elle grelotte sous la mince couverture distribuée à chaque enfant. Elle se dresse dans son lit. À travers les vitres pleines de buée elle aperçoit les troncs des arbres luisants et, dispersées dans l'herbe détrempée, quelques feuilles brunies par les tanins. Le ciel uniformément gris ne fait que renforcer sa mélancolie.

Un drame survient dans cette matinée quand l'intendante la coince à la sortie des lavabos : « Où étais-tu encore passée hier ? Tu as disparu pendant plusieurs heures. Tu ne veux pas répondre, tu préfères que je prévienne Y. ? Il n'hésitera pas à te punir, lui, il m'a dit que tu étais particulièrement pénible en ce moment... Et ça, c'est quoi ? »

L'intendante s'empare d'un papier dépassant de la poche de l'enfant :

« Confisqué. Tu sais bien qu'il est interdit d'avoir des objets personnels !

– Rendez-moi ma lettre, je vous en prie... »

Comme l'intendante fait mine de partir, la fillette éclate en sanglots, elle si fière d'habitude, et se jette à ses pieds : « Rendez-moi la lettre de ma maman, s'il vous plaît. »

Sur cette immense plage de la côte ouest offerte aux tempêtes, j'étais venue respirer une autre atmosphère à l'heure où les nuages s'allongent et où tout s'apaise d'ordinaire. Le soleil était déjà bas et ses rayons cuivrés éclairaient à l'horizontale la silhouette irréelle d'un surfeur qui affrontait les vagues glacées de la baie. Je le voyais se hisser sur sa planche, glisser sur l'écume, chuter et repartir inlassablement à la conquête de l'océan. Sa présence au milieu du déferlement des vagues blanches et lumineuses me détourna quelques instants de mes tourments pendant que, derrière le blockhaus où je m'étais adossée, les dunes se remplissaient d'ombres violettes.

Je repensai à l'intendante au milieu de son jardin tiré au cordeau, qui avait enfin accepté d'évoquer la petite fille du bout des lèvres. Elle m'avait agacée à sans cesse répéter qu'elle n'aurait pas dû prendre sa lettre à Lily, car peut-être que si elle ne l'avait pas fait les enfants ne seraient jamais partis, et si, et si... Quand Lily l'avait dévisagée, avec cet air d'incompréhension et de détresse, elle avait su que son geste resterait dans sa mémoire de manière indélébile. Cette femme m'écœurait à geindre ainsi, elle qui dans sa faiblesse avait été un bourreau comme les autres pour Lily. Elle avait certainement l'espoir que je la délie de ses remords mais je ne la croyais pas sincère et dans tous les cas je n'avais pas le pouvoir de lui pardonner. J'avais donc fini par la couper sèchement : « Dites-moi juste ce qu'il y avait dans cette lettre. » Elle avait disparu quelques minutes à l'intérieur de sa maison et à son retour m'avait tendu d'une main tremblotante une enveloppe bleue. Elle l'avait conservée tout ce temps.

J'avais parcouru la lettre confisquée et eu les larmes aux yeux. Je m'étais retenue de pleurer devant cette vieille qui délirait de plus en plus, comme si le fond obscur de sa conscience avait enfin été atteint par la culpabilité. Maintenant que j'étais face à la mer, avec pour seule compagnie ce grand garçon que je voyais se détacher par intermittence sur le disque rougeoyant, je pouvais laisser libre cours à mon chagrin.

Dans cette lettre, avec des propos maladroits et touchants, la mère de Lily lui racontait qu'après la mort de son mari elle s'était remise avec un homme qui l'avait laissée à la naissance de son deuxième enfant. Sa mère avouait qu'elle ne pouvait plus s'occuper d'eux. Elle était saisonnière et passait de ferme en ferme dans l'île de Jersey, les hébergements qu'on lui concédait ne lui permettaient pas de garder près d'elle des enfants si jeunes. Malgré tout son amour, « *seule, absolument seule* », elle était obligée de les abandonner. Elle écrivait encore qu'elle les confiait à ce pensionnat qu'on lui avait recommandé pour sa bonne éducation, qu'ils seraient « *certainement plus heureux ici* », qu'elle espérait qu'ils comprennent « *leur pauvre maman* » et qu'elle les retrouverait très vite. En attendant Lily devait bien s'occuper de « *son petit frère* ».

Son petit frère. Simon. Mon père.

*

Après avoir remonté la plage dans les derniers halos roses de l'astre englouti, l'homme a posé sa planche à côté de moi sur le sable fin et m'a tendu la main en riant. Je ris à mon tour : avec sa combinaison et les reflets du soleil je n'avais pas reconnu le petit-fils d'Adèle. Décidément cette île était une toute petite île...

Il conserva ma main dans la sienne et me regarda intensément. Quelque chose de très solide émanait de lui, le contact chaleureux de cette main m'a ramenée au présent et à mon corps. Sur l'île, pour une nuit, le temps allait cesser de s'écouler vers le passé.

Dans la cave, l'air est épais, âcre.

Y. ne l'en a sortie que pour l'obliger à prendre une douche froide. Il caresse ensuite l'épaule de la fillette et approche dangereusement son visage du sien : « Tiens, on dirait que quelqu'un est calmé. »

Lily ne répond pas, ne lève même pas les yeux de peur de se trahir. Elle a appris à éviter les coups. Non elle n'est pas calmée, mais elle n'a pas le choix, elle doit faire comme si. Pour pouvoir réintégrer les tâches ménagères et chercher un autre passage vers le monde extérieur. Pour retrouver le Petit surtout. On l'a déjà menacée de les séparer si elle continuait d'être aussi peu « conciliante ».

Elle sera restée cette fois-ci une journée et une nuit dans son cachot. Elle n'aura rien eu à manger ni à boire. Et n'aura pas évité les brutalités ni le reste. Mais le plus dur est cette heure de la fin d'après-midi où les enfants du village jouent et emplissent la rue devant l'orphelinat de leurs rires. Ces enfants chanceux, libres de leurs mouvements jusqu'au crépuscule quand leurs parents les appelleront pour dîner.

Le soir elle tente de s'élever au maximum sur la pointe des pieds pour distinguer un peu de ciel par l'étroit soupirail. La vue des hautes branches de l'arbre de Judée incendié par le coucher de soleil l'apaise et lui redonne des forces. Elle perçoit depuis son cachot les cris rêches de geais qui se rendent vers la cité aérienne de sa forêt, indifférents aux hommes et à la pesanteur. Bientôt brilleront les premières étoiles et elle entendra le crescendo flûté, si puissant et mélancolique, d'un rouge-gorge qui vit à l'orée du bois et lui tient souvent compagnie la nuit. Elle-même se sent, plus que jamais, comme un oiseau en cage.

L'intendante avait refusé de me divulguer plus de détails sur Lily. Les deux sœurs gardaient le secret autour de cette enfant et je me demandais bien ce que la fillette avait pu faire qui les marque tant. Mais le lendemain matin, à l'hôtel où mon surfeur m'avait raccompagnée, m'attendait un étrange paquet que l'intendante avait fait déposer par un voisin. Je déchirai sur le comptoir du bar le papier kraft qui libéra une dizaine de cahiers jaunis. Robert me regarda sans commenter, je savais qu'il pensait la même chose que moi : ainsi les registres de l'orphelinat existaient bel et bien.

J'ai feuilleté le cahier qui concernait les années 1950. Sur la page de 1957 j'ai lu avec émotion son prénom, « *Simon* » puis, en face, son âge, « *environ trois ans* ». Mon doigt a descendu la liste des autres enfants arrivés cette année-là : Jack, Miles, Leslie, George, James, Peter... Aucune mention de Lily, ni aucun prénom féminin d'ailleurs, les années qui précédaient ou suivaient ; il avait fallu attendre encore dix ans pour que l'orphelinat leur soit accessible. Mais alors Lily ? Comment une fille pouvait-elle avoir vécu dans le même pensionnat que mon père ? Était-il possible qu'elle ait été acceptée pour préserver la fratrie ? J'avais du mal à le croire. Alors que j'avais espéré que tout serait consigné là, à l'encre marron sur ce cahier d'un autre temps, je ne comprenais plus rien.

Il faut plusieurs jours à Lily pour réussir à se faufiler dehors.

Juste avant de parvenir à la grotte elle remarque les traces d'un animal qui a laissé de profondes entailles sur l'écorce grise et lisse d'un jeune hêtre. Un mauvais pressentiment l'étreint quand elle pose la main à plat sur la blessure. Ce don magnifique qui lui permet d'être en osmose avec la nature s'accompagne d'une trop grande sensibilité nerveuse, tout vibre en elle en permanence.

Même si elle ne s'étend pas sur ses malheurs auprès de l'ermite, tandis qu'ils marchent le long de la rivière pour cueillir de la menthe elle lui confie cependant qu'elle ne peut plus rester à l'orphelinat et qu'elle met de côté tout ce qui pourrait lui être utile pour s'enfuir, là-bas.

Il s'arrête et répète après elle : « Là-bas ? »

Elle tend l'index vers un horizon imaginaire en souriant. Elle a toujours voulu découvrir ce qu'il y avait derrière la forêt.

Son ami ne sait pas comment lui dire qu'il n'y a rien. Il ne sait pas comment lui dire ce qu'est une île : une cellule à ciel ouvert. Il n'a pas les mots pour ça. Alors il lui propose de l'emmener au-delà de la forêt. Elle verra par elle-même l'azur formant un mur.

J'en voulais tellement aux deux vieilles folles. Comment avaient-elles pu éloigner de cette façon un si petit garçon, ne pas lui laisser au moins la lettre à son départ pour la France, et une possibilité de retracer un jour ses origines ? Une partie de la vie de mon père lui avait été irrémédiablement confisquée le jour où on l'avait dépossédé de son histoire.

À défaut de pouvoir résoudre ces questions, j'éprouvais le besoin de découvrir l'endroit qui avait abrité les enfants lors de leur dernière nuit ensemble. Pour situer la caverne je me suis adressée une nouvelle fois à Robert, je me doutais que tous les anciens gamins des environs connaissaient cette cachette dans la forêt. Il avait gentiment proposé de m'accompagner pour que je ne me perde pas au-delà de la rivière mais c'était une expédition que je devais faire seule. Il m'avait alors obligée à accepter un thermos de thé, un sandwich au crabe et une pomme, pour le cas où.

J'ai progressé dans les hautes fleurs blanches en forme d'ombelles qui ondulaient à la lisière de la Forêt oubliée. Elle m'appelait depuis que j'avais posé le pied sur l'île, elle qui détenait la clef des mystères, puisque c'est le rôle des forêts de préserver les secrets. Elle avait tout vu et savait ce qui était vraiment arrivé à Lily en haut de cette falaise. Et pourquoi mon père avait été épargné.

Ma présence fut annoncée par les cris d'alerte des étourneaux qui s'envolèrent devant moi en zébrant les arbres de leur bleu électrique, aussitôt suivis par le tambourinage des pics et les sifflements des autres mésanges, grimpereaux, sittelles... Tandis que j'émiettais mon sandwich pour les écureuils roux qui me suivaient d'arbre en arbre, je crus entendre un loriot et je pris son chant si particulier pour un signe.

Après avoir foulé d'épaisses couches de feuilles qui me donnaient l'impression de marcher sur les traces humides du temps, je me retrouvai devant la fameuse falaise. Depuis les frondaisons, le chant aigu d'une grive suspendit l'espace autour de moi tandis que j'escaladais la paroi.

Dès l'entrée de la grotte j'ai allumé ma frontale et avancé sans appréhension dans ce lieu communiquant avec les mondes invisibles. Les cavernes sont mon élément naturel depuis l'enfance et j'ai eu une pensée pour mon père qui se consacrait à des passions le tenant aussi éloigné des hommes les unes que les autres : la musique, l'ornithologie, la spéléologie...

Lorsque je suis ressortie au grand jour, j'ai été assaillie par les effluves tièdes d'une végétation dont les nuances de vert, par contraste avec les teintes du palais des ombres, m'apparaissaient beaucoup plus vives que tout à l'heure. En cherchant mon sac à dos je butai contre une caisse rouillée. J'eus du mal à soulever son couvercle rongé par les années, elle renfermait des habits de garçon et une gourmette sur laquelle était gravé en lettres anglaises « *Leslie* ». Je n'avais pas songé à ce prénom dont le diminutif était « Lily », pourtant évident si on se souvenait de la liste du registre. J'étais très émue de tenir entre mes doigts la confirmation de ce que j'avais déjà deviné.

Lily est sortie de l'orphelinat aux aurores, en contournant le bâtiment puis l'immense pelouse le plus vite possible pour atteindre le bois où l'ermite l'attend. C'est une de ces matinées d'été qui se lève avec une brume légère au ras du sol. Lily, gagnée par l'odeur de la végétation se réchauffant peu à peu, respire enfin et sourit.

Après une marche à travers les herbes jaunes et fanées de l'été, ils parviennent à une chapelle surplombant la baie. Une brise venue du continent, calme et constante, a aplani la houle. La fillette stupéfaite se fige, elle reçoit en plein cœur un choc devant cette mer minérale écrasée de soleil, si désespérément étale.

L'ermite lui laisse le temps d'encaisser puis lui propose d'emprunter le sentier descendant à la crique à travers les lavandes. Il s'assoit sur le bord d'une barque attachée aux rochers pour toujours et lui dit qu'il doit se reposer mais qu'elle peut gambader à sa guise. Il l'avertit cependant que cette plage est dangereuse : un jour comme celui-ci, où la mer semble pourtant immobile, le marnage peut atteindre une douzaine de mètres. Sur la plage déserte, Lily s'arrête pour enlever ses chaussures, ses pas légers marquent à peine le sable, s'effacent pour réapparaître avec leurs reflets nacrés par endroits. Elle remonte son pantalon et s'aventure dans l'eau froide. Face à l'étendue infinie, même si elle a compris désormais qu'elle ne quittera jamais l'île, elle ressent une sensation de liberté enivrante.

Lorsqu'elle revient, l'ermite pointe des ombres sur l'eau au loin, comme une mince ligne de brisants, un mirage de pierres et d'eau. L'archipel des Écréhou se déploie à quelques kilomètres de la côte ; c'est là que son ami se réfugie parfois. L'îlot qu'il préfère dans ce paysage lunaire est un rocher de granit dénudé, posé sur les flots. Il y a juste la place d'y mettre une cabane de fortune à marée haute, pourtant c'est un paradis.

En le voyant s'animer comme jamais, Lily comprend que l'ermite appartient à la mer. Il raconte encore les plages irréelles de galets beiges roulés par les eaux, les maisonnettes de pêcheurs accrochées les unes aux autres sur le plus gros des îlots pour résister au fracas des vagues, la présence inattendue de quelques lapins qui détalent au moindre bruit et sortent de leur cachette la nuit pour narguer d'éventuels chasseurs... « Oh ! des lapins, ça doit être tellement joli ! » Lily éclate de rire. L'homme observe la fillette à la dérobée. Elle qui se tient d'ordinaire très droite, l'arc délicat de ses sourcils dessinant un air buté, il la voit pour la première fois telle que cette enfant devrait être à son âge : insouciante et légère.

Elle ramasse un coquillage avant de se hisser à côté de lui sur la vieille barque. Tous deux écoutent la lente respiration des vagues dont les ondes s'alanguissent à l'entrée d'une grotte marine. Soudain elle demande : « Tu ne t'ennuies jamais quand tu es sur ton îlot ? »

Il rit : « Non, là-bas je vis au rythme des macareux moines, avec qui je cohabite. Je passe mes journées à regarder la mer ou à guetter je ne sais quoi dans la transparence de l'eau. Je me nourris d'algues et de homards. Un vrai prince...

– Un roi plutôt, le roi des Écréhou ! »

J'aurais dû commencer par là mais longtemps je ne sus pas ce que je devais chercher. Maintenant que je connaissais la date précise de cette nuit dramatique où tout avait basculé, il était plus simple de consulter les archives de police.

À l'accueil du poste j'ai montré une copie des papiers de mon père et les miens. La loi m'autorisait à accéder au dossier qui les concernait, Lily et lui. Je m'attendais encore à des réticences et j'étais préparée à me battre contre les institutions archaïques de l'île, mais une charmante policière m'a livré le dossier de bonne grâce et m'a même proposé de m'asseoir dans une pièce ensoleillée. Là j'ai pu ouvrir la grosse chemise cartonnée dans un carré de lumière d'un jaune de sable, une lumière bien trop douce pour ce qui allait m'être dévoilé.

Le jour indiqué par Adèle et sa sœur, on avait découvert le cadavre de Leslie au bas de la falaise. Sur la photographie prise par le légiste on voit un enfant très maigre revêtu d'une robe, allongé le visage contre le sol, un pied nu perdu dans les herbes couleur de miel. À côté de son corps, une de ses sandales. Le rapport d'autopsie précise « sexe mâle », réattribuant au petit cadavre la réalité d'un sexe qui n'était pourtant pas le sien.

L'« accident » avait été rapidement classé sans suite. Tout autour de la falaise il y avait des traces de pas d'homme, cependant il était impossible de savoir à cause de la pluie s'il s'agissait de celles d'Alphonse Le Gastelois ou d'un autre. L'ermite avait, lui, été vu sur son îlot par un pêcheur de varech, il n'était donc pas présent cette nuit-là. Rien ne permettait de dire ce qui s'était passé, si quelqu'un avait suivi les enfants ou si ce quelqu'un avait poussé la fillette.

Un seul cliché arraché à l'oubli, c'est tout ce qui reste de Lily.

L'enfance, dans cet après-guerre opaque, est encore teintée de violence. Le mur de l'Atlantique a laissé des fortifications tout au long des côtes et les gamins de l'orphelinat ont projeté comme les autres de nouvelles guerres sur ces constructions en béton qu'ils rêvent d'investir dès qu'ils pourront s'échapper.

Les grands garçons aiment effrayer les plus jeunes avec des histoires que leur auraient racontées les surveillants. Les lampes du dortoir éteintes, ils assurent ainsi qu'un tunnel court sous le bâtiment, dans lequel s'entassent les cadavres de prisonniers espagnols et russes capturés sur le front de l'Est.
Certains, se croyant malins, ricanent un peu mais le Petit frémit en étreignant la main de Lily. Elle, ne rigole pas. Elle sait par l'ermite que les blockhaus ne sont pas un jeu et que la réalité n'est pas loin de ces légendes colportées dans la pénombre par les cadors du dortoir. Durant l'Occupation, des centaines d'esclaves en haillons ont bel et bien creusé des kilomètres de tunnels d'aération ou de galeries d'évacuation à Jersey. Et même un véritable hôpital souterrain, dont l'entrée, dans

un pré abandonné depuis à la nature, est dissimulée par les ronces. La plupart de ces hommes sont morts d'épuisement, ou ont été achevés d'une balle dans la tête. Il suffit de retourner la terre pour trouver des vestiges de la guerre enfouis dans le sol, masques à gaz, munitions, vêtements militaires, wagonnets et restes humains.

Sous les banques et les tapis de primevères dorment le sang, les larmes et les anciennes peurs. L'île aux Fleurs cache la mort dans ses entrailles.

C'est un drôle d'oiseau anthracite, les ailes ébouriffées, les yeux fermés. Le malheureux martinet s'est cogné, sa chute interrompant ainsi brusquement des mois de vol sans jamais se poser.

L'ermite a fait un bandage de fortune pour que l'oiseau cesse de s'épuiser en essayant de se raccrocher au ciel. Il a aussi capturé des insectes afin de lui donner la becquée. Il le nourrit en faisant bien attention à ne pas blesser l'intérieur si tendre de sa bouche, il introduit de tout petits morceaux qu'il tient entre le pouce et l'index, avec une patience qui impressionne Lily.

Elle demande comment il sait ce que son protégé mange. L'ermite sourit. Il ne suffit pas de regarder la nature, il faut apprendre à l'observer. Qu'elle se rassure, dans quelques jours l'oiseau du diable à la silhouette insaisissable sera délivré de son bandage et reprendra son envol.

En partant, Lily caresse la boule de plumes et murmure des encouragements. Les quarante grammes de l'animal sauvage palpitent sous ses doigts. Le martinet étire sa petite tête, incroyablement soyeuse. Ses yeux maintenant ouverts la transpercent et elle a cette intuition fugace que l'oiseau en détresse la comprend.

J'étais parvenue à reconstituer en partie les événements. Le matin où Alphonse Le Gastelois les avait trouvés, Lily et mon père, il n'avait rien fait pour son amie car il n'y avait plus rien à faire. Il avait suivi son instinct et porté, tel l'ogre du roman, le garçon dans ses bras jusqu'au village, l'arrachant au froid, aux bêtes, à la mort. Il l'avait laissé à Adèle, la personne en qui il avait le plus confiance, car elle avait pris sa défense au moment des accusations. Sans imaginer qu'elle les trahirait, le garçon et lui.

Et c'est le lendemain de la dispute avec Adèle qu'il avait décidé de s'installer sur son îlot. Il avait choisi cet exil volontaire à fleur d'eau pour ne plus jamais avoir à parler, pour ne plus jamais subir cette violence des hommes érigée en système. L'ermite aurait pu se soulever, se dresser à la verticale de la terre et hurler contre l'inhumanité de ceux qui avaient rejeté Lily et qui expulsaient un autre enfant de leur île comme si c'était lui le coupable. Il avait choisi une révolte muette qui échappait à l'histoire. Depuis bien longtemps il ne faisait déjà plus partie de ce monde qu'on dit civilisé.

Dans une émission de France Culture découverte sur internet une nuit d'insomnie, j'appris qu'Alphonse Le Gastelois avait écrit une lettre aux dirigeants de Jersey qui lui avaient proposé au bout de dix années sur son rocher de le rapatrier à Jersey. Elle se terminait ainsi : « *Je ne rentrerai pas à moins d'y être obligé. C'est un éden comparé à ce à quoi j'ai été confronté. Vous ne pouvez pas réparer ma vie, on ne peut pas me reconstruire. Je ne demande pas grand-chose, je veux simplement qu'on me laisse tranquille.* »

*

Je n'arrêtais pas de réfléchir aux dates. Les hasards m'obsédaient. Le soir dans mon lit je faisais des calculs et des recoupements parfois bizarres me venaient en tête.

Ainsi j'étais née en 1979, vingt ans après l'accident. En 1959, l'année du drame, était fondé le Jersey Surfboard Club, le premier d'Europe, et Olivier Messiaen créait son *Catalogue d'oiseaux* à la salle Gaveau. En 1954, l'année de naissance de mon père, Albert Cohen avait écrit dans *Le Livre de ma mère* cette phrase prémonitoire : « *Chaque homme est seul et tous se fichent de tous et nos douleurs sont une île déserte...* »

L'ermite était mort à quatre-vingt-dix-sept ans, le jour-même du jubilé de cette reine Élisabeth qui ne lui avait jamais répondu. Dans l'émission de France Culture, un pêcheur des Écréhou avait déclaré que dans ses dernières années deux choses avaient adouci sa vie : lire le *Jersey Evening Post* et écouter de la musique classique à la radio. Je me demandais s'il avait pensé à Lily au moment où l'affaire avait éclaté, peu avant sa mort - il y avait forcément pensé -, et s'il avait pu entendre sur les ondes mon père jouer, sans savoir que cet homme au piano était le petit garçon qu'il avait sauvé.

Le garçon roux tremble face au géant venu le chercher dans le dortoir. Il ne proteste pas, tétanisé. En bas de l'escalier d'autres hommes l'attendent avec des chaînes. Alors seulement il pousse des cris effrayés bientôt suivis de sanglots.

Il rentre quelques heures plus tard en titubant alors que tous font semblant de dormir, le cœur battant, les larmes aux yeux. Les grands raconteront qu'« ils » l'ont obligé à boire dans cette cave où « ils » font leurs sales trucs. Cette cave où chacun des enfants a tellement peur de devoir descendre la nuit tombée.

Au bout de l'enfer les aubes froides se succèdent, sans que Lily ait d'espoir, sans qu'elle parvienne à distinguer dans le lever du jour l'aube de la veille et celle du lendemain. L'expérience de ce temps morne lui ôte toute énergie, elle qui rêvait d'aventures et d'une vie où elle se coucherait dans un endroit différent chaque nuit.

Mais ce jour-là, si douloureux pour le garçon roux, surgit une apparition magique dans le parc. Une chouette effraie s'est posée sur la branche la plus basse du peuplier dans la lumière poudrée d'une demi-lune. La fillette ne connaît pas les légendes macabres accompagnant l'oiseau de mauvais augure, elle ne voit que la blancheur qui aimante les rayons célestes, et contemple le rapace, fascinée par la perfection de cet animal constellé d'une infinité d'étoiles.

En France, dans la nuit, on venait d'adopter un projet de loi dont les avancées concrètes devaient améliorer le quotidien des enfants placés à l'Aide sociale à l'enfance. Ce texte instaurait enfin un cadre sécurisant permettant de « lutter contre les inégalités de destin ». On inscrivait dans la loi le principe de l'audition systématique du mineur par un juge, le contrôle régulier des antécédents judiciaires des professionnels intervenant auprès des enfants et, ce qui m'affectait particulièrement, l'interdiction de séparation des fratries.

*

J'étouffais. Je me rendis à la pointe nord de l'île pour parcourir les chemins côtiers à travers la lande brûlée et les champs de fougères couchées par le vent, ce vent qui s'insinue partout et ne se pose nulle part et apporterait bientôt la pluie de traîne. Après avoir longé le Trou du Diable, je m'approchai des bruyères bordant la falaise pour contempler la silhouette de la petite île de Sercq, aux contours indigo rendus flous par la brume, comme ceux d'un royaume disparu. J'avais toujours vu dans les îles de merveilleuses terres de liberté, pour Lily ça avait signifié l'inverse : il lui était doublement impossible de s'échapper de l'orphelinat puis de Jersey. Son purgatoire était une île dans l'île, une prison dans la prison...

La pluie survint comme prévu et éteignit l'éclat du jour. Sercq parut reculer sur l'eau rayée d'argent par les embruns, la côte se confondit bientôt complètement avec le ciel, toutes les senteurs marines s'évaporèrent d'un coup. Le soir gagnait l'archipel et je me décidai à rentrer, mon pas rythmé par les vagues rapides qui giflaient les rochers, guidée par les lumières du phare de Sorel Point qui vacillaient au loin.

De retour au village, devant l'église, j'aperçus le révérend, qui se retira dans l'obscurité d'un mur. Je les plaignais, les habitants de cette île sanctuaire : ils resteraient à jamais des naufragés. Mais qu'ils ne s'inquiètent plus, j'allais bientôt les laisser à leurs voitures élégantes et leurs charmants cottages, leurs passés cadenassés, leurs intérêts, leur lâcheté, leur indifférence ou leur bêtise. Pendant plus d'un demi-siècle, nombreux étaient ceux qui savaient la vérité dans cette île où tout le monde se connaissait, pourtant personne n'avait parlé. Ni des viols ni de la mort de Lily. L'environnement qui avait permis autant de crimes, cette culture locale du silence, était presque aussi terrible que les personnes mêmes qui les avaient perpétrés. Parce que ces enfants étaient orphelins, pauvres, inoffensifs, il avait été facile de détourner le regard. Et même si, après une très longue procédure, la commission d'enquête avait fini par conclure en 2017 que « *sans l'ombre d'un doute un nombre important d'enfants pris en charge par les autorités de l'île avaient été victimes de violences physiques et sexuelles et de négligence émotionnelle* », pour ces enfants il n'y aurait jamais ni justice ni consolation.

Les surveillants profitent d'un ciel purifié par la pluie pour aligner les pensionnaires en rangs serrés dans la cour. Les enfants traînent les pieds car ils savent tous, du plus petit au plus grand, qu'ils vont devoir ratisser, pendant des heures, les feuilles mortes des pelouses entourant l'orphelinat.

Le Petit est distrait par les feuilles qui s'envolent, s'éparpillent sur l'herbe humide et ne parvient pas à accomplir la tâche attribuée. Dans ce système de gratification-sanction qui s'apparente à un dressage, il sera évidemment puni. Or il est si fragile, quel que soit le châtiment il ne tiendra pas. Aussi quand Y. demande à quel fainéant appartient ce tas de feuilles si mal fait, Lily se désigne. Le surveillant en chef, heureux d'avoir une occasion d'humilier la fillette, l'envoie immédiatement chez Tilbrook.

Dans le sinistre bureau du directeur, Lily frissonne. Jamais autant qu'à ce moment elle n'a senti ce rapport de domination, cette brutalité mal contenue de l'homme qui en face d'elle souhaite la briser, physiquement et mentalement. Elle est la seule ici sur qui ses fameux procédés disciplinaires glissent. Rien ne la touche. Au contraire, plus le corps de Lily est brimé par les interdits et les sanctions, plus elle semble gagner en force.

Le directeur ne supporte pas son arrogance mais surtout, dans le domaine haï du non-conforme, Lily représente pour lui la pire des catégories. Il le dit très clairement d'ailleurs : « Vous me dégoûtez. »

Tilbrook enlève sa ceinture et la fait claquer en tirant dessus, il n'hésitera pas à la battre si elle continue à se montrer si peu docile. Lily serre les poings en fixant le crucifix accroché juste au-dessus de sa tête, à côté de la collection d'armes qui fait sa fierté. Pour se donner du courage pendant qu'il continue de la menacer, la fillette fredonne tout bas cette chanson sur Jack l'Éventreur que les plus effrontés des gamins ont adaptée : « *Un homme marche dans les couloirs tard dans la nuit, monsieur Tilbrook, monsieur Tilbrook...* »

Elle le regarde droit dans les yeux et dit qu'elle les dénoncera, lui et les autres adultes, pour ce qu'ils font aux enfants. Décontenancé, il ricane : « Très bien, allez-y... cependant, mon cher petit, vous n'avez aucune preuve, personne à l'extérieur ne vous croira. »

*

Cette nuit c'est au tour de Lily. Après la scène dans le bureau du directeur, c'est la manière la plus efficace de punir cette enfant irréductible.

Quand on l'a forcée à descendre les marches, Lily a fermé ses beaux yeux marron et cessé de respirer pour ne pas sombrer dans les lourdes mains des hommes. Son esprit, dès l'instant où l'ombre l'a touchée, s'est échappé très loin de la cave et elle croit entendre son rouge-gorge qui module ses trilles purs à travers la forêt. Le chant pénètre son cœur et atténue ses souffrances. Elle en est certaine, durant des heures sans s'arrêter, tant que durera son supplice, l'oiseau à l'instinct infaillible chantera.

Dès qu'elle en a la possibilité le lendemain, la fillette, comme chaque fois que son corps déborde de chagrin, fuit pour retrouver les grands arbres et l'ermite qui, dès son arrivée, l'interroge sur ces marques au cou et aux bras. Lily enfin se confie... Son ami caresse la tête brune de sa paume rugueuse et murmure qu'elle possède des richesses que personne ne pourra lui dérober : sa liberté de penser et l'enchantement procuré par la nature.

La fillette lui adresse alors un sourire brisé que l'homme n'oubliera jamais. Il a bien conscience de son impuissance à protéger cette enfant, lui qui n'a déjà pas été capable de se défendre. Son affection ne pèse rien face à l'horreur de ce que Lily et les autres enfants subissent mais il lui assure que l'univers est vaste et qu'un jour elle voyagera loin de cette île. Loin, très loin, il le lui promet.

Quelques heures plus tard, tandis qu'on la battra encore pour une obscure raison - une expression de son visage jugée insolente, un geste qui lui a échappé -, elle se concentrera sur les mots de l'ermite. Oui elle n'est qu'une enfant et elle ne parviendra pas à modifier la réalité qui l'entoure, mais elle peut se réfugier dans les profondeurs de sa mémoire transformée en une jungle luxuriante.

Elle revoit la mer, s'imagine avancer jusqu'à cette limite où l'eau cristalline devient turquoise. Lily conçoit la nature avec des couleurs, elle classe les saisons selon leur tonalité, de même que ses inventaires de plantes et d'oiseaux. Elle se dit qu'elle va bien renaître, cette saison douce, celle où les fleurs mauves s'épanouissent à nouveau en bas de la falaise.

J'aurais aimé me rendre sur la tombe de Lily, la couvrir de fleurs, de toutes les fleurs qui embaument cette île où elle repose pour l'éternité. Mais il n'y avait pas de tombe pour ce corps que personne ne réclamait et qui fut balancé dans la fosse commune en cachette. Je ne saurais jamais si dans ce carré des indigents anonymes, parmi les clochards et les suicidés, les autres enfants abandonnés, Lily avait tout de même été mise dans un petit cercueil en bois avant d'être ensevelie. Je ne savais pas non plus si ma grand-mère reposait déjà là puisqu'elle était morte dans les environs, de maladie ou de faim comme tant d'autres saisonniers alors. J'aurais pu chercher à me renseigner sur le lieu précis où elle avait été enterrée cependant je préférais conserver un espoir et imaginer que Lily avait rejoint sa mère dans le cimetière des oubliés, que la mort les avait enfin réunies.

En bas du cimetière marin, une chapelle de pêcheurs avait été construite au Moyen Âge au bord d'un promontoire rocheux qui offrait une perspective sur la baie. J'avais lu dans mon guide que les pigments roses des fresques provenaient de patelles écrasées. Rien entre ces murs de granit clair ne semblait avoir changé depuis des siècles. Et depuis des siècles on allumait ici des cierges pour ceux qui avaient disparu dans la Manche et on se recueillait en famille après ces deuils qui enveloppaient régulièrement l'île. Ainsi, même morts, les trépassés gardaient leur place au milieu des vivants.

Mais pour les enfants dont on avait volé l'innocence, pour ces existences définitivement abîmées, quelle flamme avait brûlé ? Dans ce monde perdu, qui avait prié pour eux ?

Au loin, posées sur de grandes pelouses descendant jusqu'à une mer de nuages, s'alignaient proprement des serres blanches qui m'évoquaient des linceuls. Mes pensées dérivèrent vers les orphelins de Jersey dans une peine infinie.

J'ai cette image en permanence en tête depuis ma visite aux archives de la police : le corps de Lily désarticulé, son pied nu, sa sandale détachée près d'elle. L'impossibilité de connaître les traits de son visage est une déchirure.

Je suis retournée dans la forêt. Cette fois-ci je n'ai pas pénétré dans la caverne, je suis restée sur la scène muette du supposé accident, au milieu des grandes herbes où la fillette était tombée.

Je me demandais si mon père avait été réveillé par son cri lorsqu'elle avait chuté de la falaise. Parce qu'elle avait forcément crié. Un unique cri et il s'était retrouvé tout seul dans la grotte, tout seul dans la vie. Je me demandais s'il avait eu peur, s'il avait pleuré.

Je ne savais pas comment Lily était morte mais je pouvais imaginer le calvaire qu'elle avait vécu au sein de cet orphelinat permettant les pires abus. Pour elle plus encore sans doute, dans cette logique immonde qui veut que les enfants ne correspondant pas aux normes soient plus souvent victimes de harcèlement, d'humiliations et d'agressions sexuelles que les autres. Il est impossible de manière générale de comprendre une telle maltraitance sur des enfants, la nuit noire de nos pires cauchemars, mais que cette horreur ait pu se produire dans une île si accueillante, une île si fière de sa pomme de terre labellisée au goût de noisette, de sa ferme aux papillons et de ses prairies fleuries, c'était vraiment inconcevable.

Plus jamais je ne pourrais m'enlever de l'esprit ce petit corps abandonné aux rives du temps.

Lorsqu'il a su que j'allais partir, le petit-fils d'Adèle a tenu à me montrer le phare de La Corbière, dominant la mer sur son rocher déchiqueté, et les Mielles, ces marais emplis d'oiseaux s'étendant derrière les dunes jalonnées de casemates où nous nous étions rencontrés. C'était d'autant plus touchant que lui ne connaissait rien à la flore et à la faune, et qu'il n'avait jamais visité ces vasières bordant la plage où il passait pourtant tout son temps libre.

La marée montait et les prés-salés exhalaient une odeur aigre-douce. Au-dessus des eaux brillantes qui reflétaient les nuages, je nommai un héron cendré en vol, quelques sarcelles, des vanneaux huppés, si facilement identifiables, et une troupe de courlis qui se blottissaient dans les roseaux sous la clarté du ciel. Une bécassine, devant nous, partit en un zigzag bruyant qui le fit rire. Puis, parce que naturellement les chants d'oiseaux me ramenaient toujours à la musique, et à cette obsession familiale pour Messiaen, je lui parlai du compositeur qui avait inventé un langage inspiré de leurs cris pour combler les manques de notre vocabulaire limité. Je citai cette phrase qu'il avait souvent répétée : « *Les oiseaux sont les plus grands musiciens existant sur notre planète.* » Le surfeur hocha la tête et m'écouta avec intérêt cependant je devinais qu'à la contemplation des bêtes à plumes il préférerait toujours celle de l'océan, trop habité par sa propre passion pour l'énergie des vagues et du vent.

Ce premier soir sur la plage, après avoir évoqué ces secrets qui avaient empoisonné l'île, je l'avais remercié. Je me doutais qu'il n'avait pas été simple de demander à sa grand-mère de me parler, personne ne tient à remuer le passé de sa famille. Il m'avait répondu que sa philosophie avait toujours été d'affronter la vérité. Puis, parce que nous étions jeunes, vivants, et que la nuit était douce, nous avions abordé des sujets plus légers. À un moment il avait dit : « Tu es ornithologue ? Ça ne m'étonne pas. » J'avais été troublée car l'intendante m'avait fait exactement la même remarque. Lily et mon père étaient fascinés par les oiseaux, toujours le nez collé à une fenêtre de l'orphelinat, l'oreille aux aguets. Elle semblait convaincue que mon amour des oiseaux était né de celui de Lily et Simon.

En traversant ces immenses prairies aux fragrances végétales compliquées d'iode et de sel, j'ai repensé au mystère de la transmission entre générations, à ce que j'avais hérité de mon père mais aussi indirectement de cette enfant morte il y a soixante ans et dont je me sentais si proche. Et je trouvais encore plus beau que ce qui nous relie soit les chants d'oiseaux.

Soudain est apparue une corneille d'un noir d'obsidienne qui traça des cercles avec légèreté avant de se poser au bord de l'eau, vers nous, comme si nous n'étions pas là. Elle sautillait à la surface du marais, secouant les gouttelettes de ses larges ailes avec délicatesse.

Nous venions de rencontrer le crave que j'avais cherché en vain dans les crevasses des rochers. Tout était maintenant à sa place sur cette île.

Les couloirs de l'orphelinat bruissent de la terrible rumeur.

On dit que le garçon roux aurait été poursuivi dans le grand escalier par le directeur et qu'il aurait sauté par une fenêtre.

On dit qu'il a été blessé dans la chute.

On dit qu'il a disparu.

On dit qu'il est mort.

Depuis des années le directeur profite de sa position pour abuser des enfants sous son autorité mais après cette histoire, l'institutrice et l'intendante en sont convaincues, il lui faudra bien rendre des comptes. À moins que, encore une fois, il ne soit aidé en haut lieu...

Lui ne paraît pas inquiet lorsqu'il surgit dans la salle du réfectoire, toisant les enfants et leur aboyant dessus comme tous les matins. Tilbrook a néanmoins vérifié en quittant son bureau qu'il avait bien son carnet avec lui, celui où il note les noms de ces notables amis venus se compromettre avec des orphelins gracieusement offerts par la maison. Ces notables qui règnent sur l'île de génération en génération, il sait qu'il les tient dans sa main.

Parmi les enfants, quelques-uns se révèlent aussi cruels que leurs bourreaux et font subir aux plus jeunes ce qu'ils ont vécu. L'un d'eux, le plus fort, le plus bête, attrape un jour le Petit avec un lacet comme un animal au lasso et le conduit, la corde au cou, à travers la cour dans un tourbillon mêlant les rires féroces des autres aux larmes du garçon incapable de se défendre. Jusqu'à ce que Lily vole à son secours et le délivre en hurlant.

Y. intervient à son tour. Il sépare les enfants en les tirant très fort par les poignets, gifle la fillette pour qu'elle se taise. La joue de Lily, déjà rouge de colère, prend une couleur pourpre. Mais la fillette ne pense pas à elle, à sa douleur et à son humiliation, elle est obsédée par ce qui est arrivé au Petit. C'est la première fois que quelqu'un s'en prend physiquement au garçon si craintif. Lily a toujours su confusément que ce serait la limite de ce qu'elle pourrait tolérer. C'est le grain minuscule de cette histoire, qui s'ajoute à l'épisode de la lettre. Un éclatement se produit dans la tête de Lily, convaincue que la violence ne s'arrêtera jamais et que son frère est en danger s'il reste ici. Sa conscience épuisée par les brimades accumulées, toutes ces injustices, ces blessures, vacille.

Le soir, juste avant le repas, elle aide le Petit à s'habiller discrètement pour l'expédition. Malgré la saison ils sont toujours en sandales et n'ont pas de vêtements chauds. Elle lui enfile sa veste de pyjama par-dessus son pull-over : « Allez, viens. »

Un des enfants, zélé délateur, a alerté Y. que Lily et le Petit n'étaient plus là. Le surveillant s'est précipité juste à temps pour les voir se faufiler à l'extérieur. Il leur a crié de s'arrêter, ordonné de revenir, et bien d'autres choses contradictoires dans sa rage de les laisser s'échapper.

Quand Lily a reconnu sa voix, elle s'est mise à courir de toutes ses forces vers l'orée du bois, entraînant le garçon avec elle. Il chute souvent, elle l'aide à se relever. Elle entend le bruit d'une balle tirée dans leur direction, elle croit qu'Y. va les tuer, qu'il en est capable, qu'il est fou. Elle supplie le Petit de se dépêcher, ils sont presque aux chênes. Là, parmi ces silhouettes connues, rassurantes, ils pourront se cacher, ils seront sauvés. Elle l'encourage : « Encore quelques mètres s'il te plaît, tu peux le faire, donne-moi la main, cours ! cours !... »

Bien après, alors qu'ils ne perçoivent plus les cris, mais uniquement les battements de leurs cœurs, ils continuent de s'enfoncer aussi loin qu'ils le peuvent dans la forêt. Tout autour d'eux la nuit commence à s'installer, les arbres ne réverbèrent plus que son obscurité et, hormis la figure blême du Petit, maintenant Lily ne distingue presque plus rien. Le cri déchirant d'un animal inconnu creuse cette nuit sans étoiles. La forêt qu'elle a tellement parcourue, cette forêt tant aimée, lui paraît hostile.

Lily marche avec la petite main du Petit dans la sienne. Quelquefois elle doit aller devant pour frayer un passage et elle veille à toujours ralentir le pas pour qu'il puisse la suivre. Une fois franchie la rivière, ils progressent à tâtons. Des ronces pleines de mûres moisies s'accrochent au bas de leurs pantalons, des branches leur griffent le visage, ils ne cessent de trébucher contre des racines. Elle devine que le Petit se retient de pleurer à chaque instant, qu'il n'ose pas lui dire qu'il est fatigué, qu'il voudrait qu'on le porte, qu'il n'en peut plus et qu'il est effrayé.

Au départ, Lily avait imaginé gagner le rivage et emprunter la barque. Cependant l'idée de cette mer insondable a submergé la fillette qui ne sait pas nager, et d'ailleurs ça aurait été trop loin pour le Petit. Elle préfère gagner la caverne, où ils seront à l'abri de la pluie froide qui perce le feuillage. L'humidité s'infiltre partout dans leurs vêtements trop légers, les deux enfants claquent des dents. Le chemin à découvert le long de la falaise n'est plus que boue et Lily perd sa sandale à plusieurs reprises, mais cette boue dans laquelle ils pataugent est le signe qu'ils sont rendus.

Un dernier effort pour accéder, en hauteur, à la grotte. L'ermite n'est pas là. Lily est abattue, elle espérait son aide, elle aurait eu tant besoin de lui. Elle étreint un peu plus fort la main du Petit, ils sont seuls, ils seront toujours seuls.

La brise qui s'est levée rabat la pluie vers eux, un vent mauvais souffle entre les arbres nus. Il faudrait qu'ils entrent plus loin dans la galerie pour être mieux protégés.

Lorsque Lily avait exploré la caverne avec l'ermite elle avait adoré ce qu'il lui avait montré, la danse des ombres sur les parois, la forme des concrétions, le sol poudreux sous ses pieds. Cette fois-ci elle ressent de la crainte pour cette masse noire et dense, ce silence spectral seulement interrompu par leurs respirations et un lointain ruissellement. Cette fois-ci l'inquiétude annule toute beauté.

Mais les yeux agrandis du Petit l'obligent à se ressaisir. Elle attrape une grosse couverture et la lampe à acétylène qu'elle allume comme l'ermite le lui a appris. Les deux enfants enroulés dans la laine chaude soupirent de soulagement devant cette lumière réconfortante qui maintient les ténèbres à distance. En allongeant son frère sur un lit de fortune elle lui promet qu'ils vont pouvoir se reposer maintenant, qu'ils vont être bien ici pour la nuit, que plus rien ne pourra leur arriver. Elle parle aussi à Simon de cet étrange ami qui vit dans l'abri, de son bonnet rouge et de ses drôles de manies. Le Petit sourit, à son âge n'importe quelle situation peut se transformer en jeu. Et puis, il est avec Lily.

Je boucle ma valise et m'assois sur le lit pour profiter de ce bref moment de paix dans ma chambre éclairée par les premiers rayons du soleil. Le clapotis des vagues au loin rend le silence encore plus complet. Sur le rebord de la fenêtre j'aperçois la glycine en boutons, prête à colorer la vigne vierge de ses nuances violettes. Je songe à la force de la vie qui va.

Je me regarde dans le miroir surplombant le lavabo en céramique vert pâle. J'ai trente-cinq ans de plus que Lily. Pour elle, les années ne se sont pas ajoutées aux années, le temps n'aura jamais passé, elle restera éternellement une enfant.

J'ai une dernière chose à faire avant de quitter cette chambre. Je prends une grande inspiration : « Allô ? Papa ? Assieds-toi, j'ai une histoire à te raconter... »

*

Je suis en larmes mais je dois insister, il faut que je sois sûre qu'il a bien saisi :

« Tu comprends ce que ça veut dire ? Lily était ton frère... »

Je l'entends alors qui sanglote. Terrible moment où nous pleurons chacun de notre côté. Et ce murmure enfin :

« Non, c'était ma sœur. »

Quand Lily ouvre les yeux, le vent qui a brassé la forêt toute la nuit s'est retiré. Ils ont dormi blottis l'un contre l'autre afin de garder la chaleur de leurs corps. Elle se lève très doucement pour ne pas réveiller le Petit, marche vers l'entrée de la grotte et écoute. Rien, à part les premiers chants qui emplissent la canopée. C'est son heure préférée, celle où la forêt devenue bleue renaît. Cette heure merveilleuse, suspendue avant l'aube, où tous les chagrins s'effacent, où tous les espoirs semblent permis. L'heure des oiseaux.

Elle sort sa robe du coffre en fer, l'enfile. Elle plie ensuite ses habits de l'orphelinat et les pose dans la malle avec sa gourmette. À partir d'aujourd'hui c'est une nouvelle vie qui débute. La fillette ne se laissera plus jamais piéger dans son corps de garçon.

Elle gagne le bord de la falaise. La vague du jour nimbe peu à peu sa forêt d'or, dans cet air étrangement tiède qui l'enveloppe ce matin-là. Le paysage s'intensifie minute par minute sous ses yeux.

Et soudain un craquement derrière les ronciers, une ombre : c'est lui, c'est Y. qui les a retrouvés. Elle se retourne affolée et son pied glisse sur la dalle luisante de rosée à cause de cette sandale qui ferme si mal.

Lily tombe de la falaise.

Heureusement elle n'aura pas eu le temps de penser à ses parents, ni au Petit qu'elle laisse et qu'elle n'a pu sauver. Elle n'aura pas eu le temps de déplier ses ailes mais pas eu le temps non plus d'avoir mal. Ni de voir le jeune chevreuil qui a fait craquer la branche bondir avec sa grâce habituelle à travers le sous-bois.

Sources

Ni Lily ni Simon n'ont existé. Leur histoire est librement inspirée de faits réels et d'informations provenant d'articles de presse mais aussi des livres ou des documentaires suivants :

Stéphane Bourgouin, *La Bête de Jersey*, Éditions du Trésor, 2020.

Victor Hugo, *Les Travailleurs de la mer*, 1866.

Ivan Jablonka, *Ni père ni mère : histoire des enfants de l'Assistance publique (1874-1939)*, Le Seuil, 2006.

Édouard Launet, *Le Seigneur des îles*, Stock, 2014.

Valeria Luiselli, *Archives des enfants perdus*, traduction de Nicolas Richard, L'Olivier, 2019 ; Points Seuil, 2020.

Robbie Garner et Toni Maguire, *Personne n'est venu, Mon enfance dans l'orphelinat de l'horreur*, traduction d'Anne Bleuzen, K&B, 2011 ; Le Livre de Poche, 2015.

Albert Dichy et Pascal Fouché, *Jean Genet, matricule 192.102*, essai citant des lettres de sa mère, Camille Genet, « Les cahiers de la NRF », Gallimard, 2010.

Jersey l'orphelinat de la honte, documentaire d'Alex Jordanov et Karl Zéro, Troisième œil production, 2007.
Garenne. Jersey : l'orphelinat de la honte, documentaire de Camilla Hall, Rogan productions, Royaume-Uni, 2020.
« L'ermite des Écréhou », *Une histoire particulière*, de Lénora Krief, France Culture, 2018.
Olivier Messiaen, les couleurs du temps, trente ans d'entretiens avec Claude Samuel, INA/Radio France, 2000.

Composition et mise en pages
Nord Compo à Villeneuve-d'Ascq

Achevé d'imprimer en France
par CPI Firmin-Didot
en septembre 2022
N° d'impression : 171793